WIMMERWUCHS KARTE
WIMMERWUCHS-BAUM
SCHLUCHT
BACH
BERGKAMM
RUINE
LESE-ZIMMER
SPECK-SENKE
BADEBUCHT
SPRECHENDE FELSEN

Für Juanita

Elisabeth Honey
Ein wilder Sommer am Fluss
und alles, was passiert ist

Elisabeth Honey

Ein wilder Sommer am Fluss

und alles, was passiert ist

Roman

Aus dem Englischen
von Heike Brandt

Mit Bildern
von Elisabeth Honey

BELTZ
& Gelberg

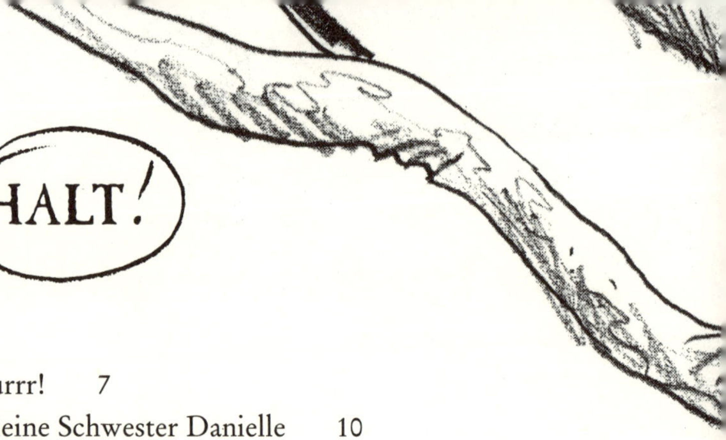

INHALT!

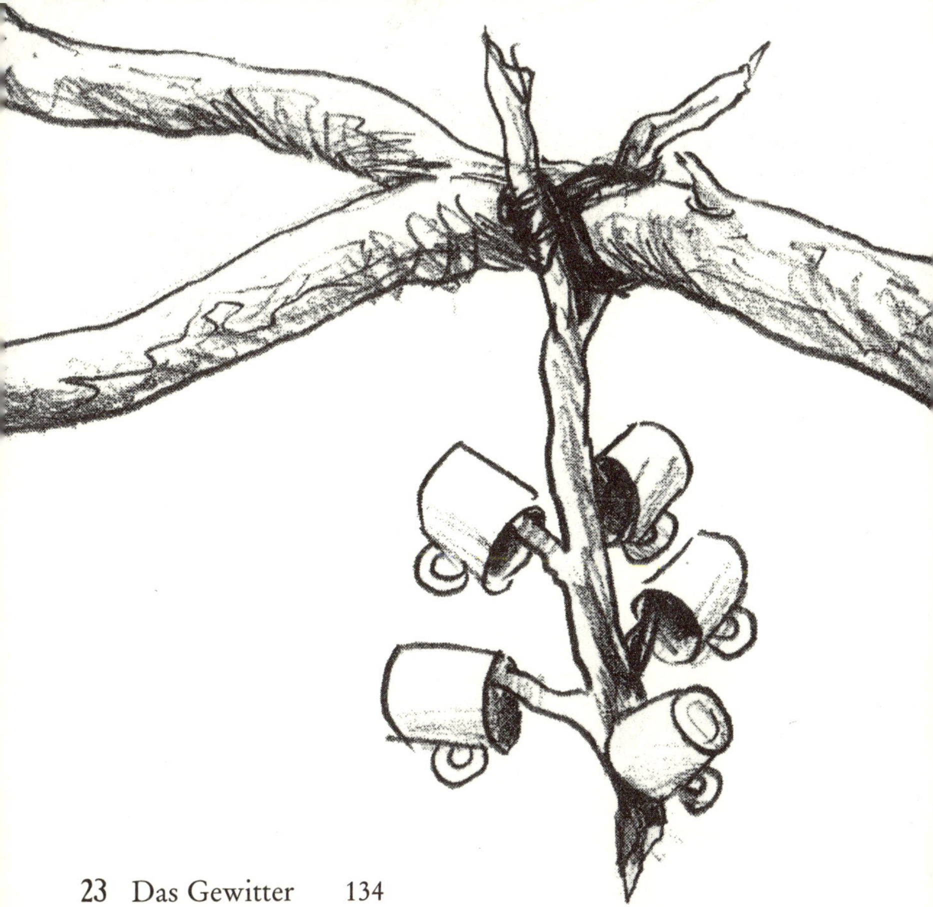

1 Surrr!

Tibors Computer fährt hoch! Ein irrer Sound!

Nicht zu fassen! Da setze ich mich doch tatsächlich hin, um noch ein Buch zu schreiben!

ICH MUSS VERRÜCKT SEIN!

Bei meinem ersten Buch *Stellastraße 45+47* hat es sooooo lange gedauert, dass ich irgendwann genug hatte. Fast drei Monate lang habe ich wegen dem blöden Buch überhaupt nicht ferngesehen! Falls ich mich noch mal an diesen Computer setzen sollte, habe ich zu meinem besten Freund Zev gesagt, dann soll er mir eine knallen.
Tibor, Zevs Vater, hat dafür gesorgt, dass ich weiterschreibe. Als ich herkam, um an seinem Computer zu arbeiten, war der Schreibtisch total aufgeräumt und am Bildschirm klebten kleine Zettel, auf denen stand: »Und was geschah dann?«, und: »Das ist besser als *Krieg und Frieden*!« Da konnte ich doch nicht aufhören! Schon seinetwegen nicht.
Mein erstes Buch war unglaublich erfolgreich. Die ganze Auflage verkauft – alle elf Exemplare! (Das ist allerdings

eine Lüge. Ich habe sie verschenkt.) Und die Kritiker – die waren hin und weg.

Donna: »*Stellastraße 45+47 und alles, was passiert ist* ist ganz genau so passiert!«

Zev: »Haarsträubend!«

Danielle: »Mir gefallen die Stellen, wo ich vorkomme.«

Brikett: »Wuff! Wuff! Wuff!«

»Du solltest erzählen, was in den Weihnachtsferien passiert ist«, sagte Cass. Ihr seht also, dass ich unter enormem Druck stand, die Fortsetzung zu schreiben.

Von meinem ersten Buch werde ich nichts weiter erzählen, außer, dass es von den bekloppten Nachbarn handelt, den Scheinheiligen, die eines Tages in unsere Straße zogen und uns das Leben zur Hölle machten. Aber wir haben sie kleingekriegt! Und wie wir sie kleingekriegt haben! Wir haben es geschafft! Und jetzt verbringen sie einen schönen langen Urlaub in dem Null-Sterne-Multi-Gitter-Hotel de Clink. Im Gefängnis. Was ihnen total recht geschieht!

Es ist erstaunlich. Meine Finger fliegen auf die richtigen Tasten. Um ehrlich zu sein, das Start-Geräusch des Computers hat sich echt gut angehört … das gibt wirklich Kraft.

Ich könnte diesen Computer küssen. Bitte! Eben habe ich es getan!
Die Schwester von unserer Freundin Donna, sie heißt Miriam, lebt auf einer Farm. Wenn ihre Hunde von der Ladefläche ihres Lieferwagens springen, um die Hühner und die Hauskuh heimzutreiben, dann sagt Miriam: »Die Hunde sind arbeitswütig.« Tja, ich denke, ich bin auch arbeitswütig.
Und was für eine Geschichte ich zu erzählen habe! Kann sein, dass manches für einige Leute schockierend ist. Ich wette, die werden sagen: »Solche Dinge bleiben lieber ungesagt.« Aber jeder lebt sein Leben anders, und ich erzähle eben davon, wie wir leben. Wer gut schreiben will, muss ehrlich sein, und ich erzähle diese Geschichte so ehrlich, wie ich kann – so wie ich sie erlebt habe. Außerdem zwingt euch ja keiner, die Geschichte zu lesen.
Das Buch handelt unter anderem von einem Wimmerwuchs. Merkwürdiges Wort, holprig wie ein Knöchel. Wir wussten erst auch nicht, was das bedeutet, aber dann haben wir's rausgekriegt.
Ich schreibe die Geschichte für Donna und den kleinen Jim und für den Wimmerwuchs.
Jetzt läuft Frank herum und erzählt allen Leuten: »Henni schreibt eine Fortätzung!«

2 Meine Schwester Danielle

Bevor ich euch erzähle, was geschah, werde ich mich erst mal vorstellen.

Ich heiße Henni. Ich bin ziemlich groß, ich möchte Schriftstellerin werden und in zwei Tagen fange ich mit der Oberschule an. In der sechsten Klasse, in meiner alten Schule, waren wir fünfundzwanzig Kinder. Im siebten Jahrgang der Oberschule werden wir ungefähr *einhundertachtzig* sein! Früher war ich ein großer (langer) Fisch in einem kleinen Teich. Jetzt werde ich ein kleiner (langer) Fisch in einem großen Teich sein. (Zev nennt mich *Das menschliche Lesezeichen.*)

In diesem Jahr bin ich stolze Besitzerin einer Monatskarte. Damit kann ich in Zone 1 jede Straßenbahn, jeden Bus und jeden Zug benutzen! Die Karte ist sehr teuer, mein Foto prangt darauf, und ich wette, ich werde sie verlieren. Mein kleiner plastikbeschichteter fliegender Teppich! Ich habe Frank erzählt, das wäre mein Führerschein, und er hat es geglaubt!

Wir bereiten uns für den Schulanfang vor und kaufen alles neu, was ich brauche. Dass es jetzt bei uns so geregelt zugeht, gefällt mir ziemlich gut, weil das ein echter Gegensatz zu unseren wilden Ferien ist, die eigentlich gar nicht so wild sein sollten, es hat sich einfach so ergeben. Durch Umstände, die wir nicht beeinflussen konnten.

Die absolute Krönung meiner neuen Schuluniform – mein Blazer! Mit Schulterpolstern! Damit sehe ich *so* erwachsen aus!

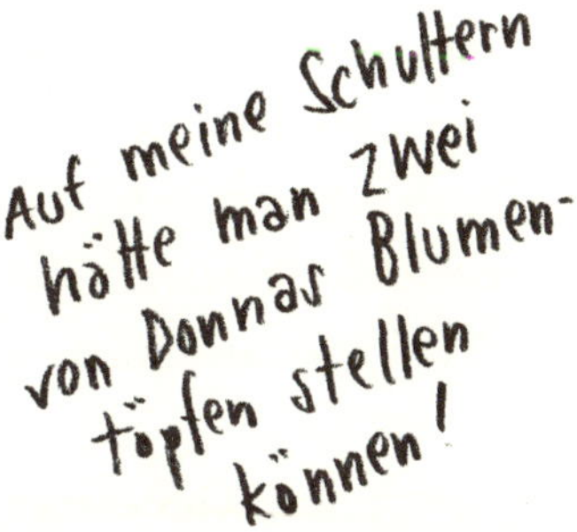

Der Blazer ist gefüttert, meine erste Jacke mit Futter. Meine Arme schlüpfen wie von selbst in die coolen Ärmel. Und im Futter ist eine geheime Innentasche, genau über meinem Herzen. Wenn ich je einen Brief von meinem Liebsten kriege (wenn ich je einen Liebsten kriege), dann werde ich ihn genau dahin stecken, ganz dicht an mein Herz.
»Findest du das Futter nicht auch wunderschön? Es ist Seide!«, sagte ich zu Mama.
»Das ist *keine* Seide«, sagte Danielle. »Das ist irgendwas aus Öl.«
Danielle verfolgt das ganze Theater um mich. Natürlich hat

auch sie neue Sachen für die Schule bekommen, aber sie sind nicht so total anders und neu wie meine.

Als Papa von der Arbeit nach Hause kam, habe ich meine neue Uniform angezogen, mir die Haare gemacht und einen großen Auftritt hingelegt.

»Na, sieh mal einer an!«, sagte Papa und legte seinen Arm um Mama. »Kleider machen Frauen!«

»Und *Brüste*!«, sagte Danielle.

Seit neun peinlichen Jahren ist Danielle meine Schwester. Ihr Motto ist: »Bring Henni in Verlegenheit, sooft du kannst!« Aber jetzt hat sie wirklich den GIPFEL der Peinlichkeit erreicht!

»Danielle, sei nicht so gemein!«, sagte Mama mit müder Stimme. »Geh und zieh deine neue Windjacke an und zeig sie Papa.«

»Du willst mich bloß trösten, weil Henni immer alles kriegt. Ich weiß schon: ›Wenn ich erst mal meinen Blazer kriege, dann wird das was ganz Besonderes sein!‹ Wird es aber gar nicht, denn Henni hat zuerst einen getragen und überhaupt ist Henni immer bei allem die Erste. Na und! Mir doch egal! Pöh!« Und sie stapfte aus dem Zimmer.

Ein bisschen später, als ich raus in den Garten kam, lag Danielle in der Hängematte, brach einen Stock in lauter kleine Stücke und warf damit nach einem Küchentuch, das an der Wäscheleine hing.

»Sei doch nicht immer so eklig!«, sagte ich. »Du bist hier doch die, die's gut hat.«

»Ach, ja?«

»JA!«, sagte ich und dann habe ich's ihr gegeben. Ich hatte jede Menge Munition gesammelt.

»*Ich* musste am Tisch sitzen bleiben, bis ich *alles* aufgegessen hatte, und warten, bis alle anderen fertig waren, bevor *ich* aufstehen durfte. *Ich* musste um Punkt halb neun im Bett sein. *Ich* habe erst mit sieben Taschengeld bekommen. *Du* hast mehr Taschengeld, als ich je gekriegt habe!«

»Und?« Sie warf ein Stöckchen.

»HACH! *Du* hast es so leicht. Mama und Papa machen mit dir nicht so ein Theater, wie sie es mit mir gemacht haben. Geh und guck dir die ganzen Erziehungsratgeber an, die auf dem Kühlschrank stehen. Alles, was da drin unterstrichen ist, war wegen *mir.*«

»Würde mir gar nichts ausmachen, wenn wegen mir mal was unterstrichen würde!«, sagte Danielle.

»Du *spinnst* wohl! Du bist verwöhnt. Dir würden sie ja sogar einen Mord durchgehen lassen!«

»Ich habe noch nie jemanden umgebracht!«

»Nein, aber könnte sein, *ich* bringe *dich* um, du fiese Pflaume!«

Stille.

»Ja, ich weiß«, sagte sie. »Tut mir Leid, Hen.«

Noch ein bisschen Stille. Gerade, als sich bei mir so was wie ein menschliches Gefühl für Danielle einstellte und ich sie umarmen wollte oder so, da quakte sie: »Übrigens bist du älter, also stirbst du zuerst!«

Ich kippte sie aus der Hängematte.

3 Wer, was, wann, wo?

Es war eine Woche vor Weihnachten, zu Hause bei Zev. Wir hatten beschlossen, gemeinsam Ferien zu machen, bevor Ende Januar die Schule wieder anfing. Wir wohnen alle in der Stellastraße. Ich werde uns vorstellen wie bei einem Theaterprogramm, weil ich mich wirklich nicht lang und breit über jeden Einzelnen auslassen kann. Das sind wir, DIE FAMILIE OCTON:

Über Mama werde ich doch was sagen, weil man sonst denken könnte, sie gäbe es überhaupt nicht. (Ich vermute, das ist der Grund, warum es einen Muttertag gibt.) Es ist eigenartig, über die eigene Mutter zu sprechen. Sie heißt Claire und ich bin wie sie – eine Denkerin. (Na ja, jedenfalls gefällt mir der Gedanke, eine Denkerin zu sein.) Mama sagt: »Es

DIE O'SULLIVANS VON DER STELLASTRASSE 47:

kommt nicht darauf an, was man sagt, sondern darauf, was man tut.«

Donna war, wie ihr seht, sehr schwanger. Sie hatte gerade mit ihrer Arbeit ausgesetzt, die darin bestand, Kindern aus zerrütteten Familien ein neues Leben zu basteln. Es fiel Donna schwer aufzuhören, weil gerade alles, was sie sich für einen hoffnungslosen Fall – ein Junge namens Kippe – ausgedacht hatte, total schief gegangen war, und das machte sie völlig fertig. Als Donna dann endlich mit einem prächtigen Abschiedsblumenstrauß und einem riesigen Buch über australische Pflanzen nach Hause kam, waren alle heilfroh.

Donnas künftigtes Baby war unser aller Baby. Wir legten die Hände auf den Bauch und wir redeten mit dem Bauch, und wir schauten zu, wie er immer dicker wurde. Erst nannten wir das Kind da drin Baby Gummibärchen, dann Baby Zitrone, dann Baby Apfelsine, dann Baby Mango, dann

FAMILIE TRINKA:

Baby Honigmelone, dann Baby Fußball, dann Baby Wassermelone.

Zev ist mein bester Freund. Dieses Jahr werden wir zum ersten Mal auf getrennte Schulen gehen. Vor vielen, vielen Jahren wackelten wir zusammen zum Kindergarten, dann ein Jahr später gemeinsam in die Grundschule. Es gibt ein Foto von uns beiden an unserem ersten Schultag: Der niedliche kleine Zev mit seinem stacheligen blonden Haar, das nach allen Seiten absteht, in seinem kleinen Marsmenschen-T-Shirt, und die niedliche kleine Henni in ihren niedlichen kleinen blauen Shorts mit den Tropenfischen drauf und im Haar eine Schleife, die größer ist als ihr Kopf. Wir halten uns an den Händen, und wenn man sich unsere Gesichter genau anschaut, dann kann man sehen, dass wir schon eine ganze Weile gelächelt hatten.

Als wir dann die Schule betraten, erfuhren wir, dass sie uns getrennt hatten. Ich weinte und weinte. Zev war cool. Er machte Witze drüber. Damals hat unsere Freundschaft

DIE LEES VON DER STELLASTRASSE 45:

jedenfalls überlebt. Ich nehme an, das wird jetzt auch so sein.

Zev hat ein Stipendium für die Galileo-Schule bekommen, in der sie viel Wert auf Naturwissenschaft und Technik legen. Was Zev gut gefallen wird. Und er wird denen auch gut gefallen! Er interessiert sich besonders für Elektrizität. Mit seinem Körper ist nämlich irgendwas ganz merkwürdig – wenn Zev sich sehr schnell die Haare kämmt, dann sprühen Funken! (Was manchmal wirklich praktisch sein kann!) Bestimmt wird Zev eines Tages für irgendeine elektrifizierende Erfindung den Nobelpreis kriegen.

Das sind unsere neuen Freunde. Sie sind neben Frank eingezogen, als unsere bekloppten Nachbarn ins Gefängnis kamen.

Die Lees sind so eine Art Künstler. Maggs töpfert. Alle tragen immer sehr grelle Farben und sie essen komische Sachen. (Falls ihr je Tintenfisch in seiner eigenen Tinte angeboten bekommt, lasst die Finger davon! Da stülpt sich einem der Magen um!) Ihr Haus, Stellastraße 45, ist ein einziges Chaos. Wenn Maggs will, dass es ordentlich aussieht, dann deckt sie alles mit Sarongs (das sind indonesische Tücher) zu. (Was ganz gewiss nicht dem Stil von Frau Scheinheilig entsprechen würde, kann ich euch sagen!)

Cass kommt in die fünfte Klasse. Eigentlich heißt sie Cassandra. Sie flippt regelrecht durch die Gegend, was sich auf Danielle übertragen hat, und nun flippen sie alle beide. (Tibor nennt sie die durchgeknallten Flipp-Flopp-Girls) Cass hat welliges Haar und Sommersprossen. Sie ist kreativ. In der Schule ist sie nicht so gut. Rechtschreibung kann sie ums Verrecken nicht. Aber sie kann wunderbare Wörter erfinden, was ich mir für mich auch wünschen würde:

»Cass, warum hast du deine Schularbeiten nicht zu Ende gemacht?«

»Mir war so unschreibbar.«

May ist in der Vierten. Sie hat kurze Haare und ist still.

Wie ich liest sie gerne, also habe ich ihr meine Lieblingsbücher aus der Vierten gegeben. May hat Goldfische und eine Maus, die Käsy heißt.

Mr. Valentine Nicnac. Er wurde am Valentinstag geboren. Die Erwachsenen nennen ihn Val.

Das hat mir jetzt eine Menge Erklärungen erspart. (Oder etwa nicht?)

Also, wir alle wollten in den Ferien was zusammen machen. Wir Kinder lauschten mit aufgestellten Ohren. Brikett lag schlafend auf dem Boden und ab und zu knurrte ihr der Magen, als müsse sie irgendwas Ekliges verdauen. Brikett ist ein Fresssack, je ekliger die Sachen sind, desto lieber frisst sie sie.

»In den Ferien braucht man einen Tapetenwechsel«, sagte Papa. »Raus und dann irgendwo mittenmang.«

»Und was, meinst du, sollte dieses *Mittenmang* sein?«, fragte Mama.

»Was würdest *du* gerne machen, Donna?«, fragte Papa. »Du bist die Auserwählte. Du kannst dir aussuchen, was du willst.«

»Was auch immer?«

»Natürlich in gewissem Rahmen.«

»Okay«, sagte Donna mit einem kleinen Lächeln. »Ich möchte zelten.« Sie wandte sich an Rob. »Ich möchte, dass du die alte, labbrige, rote, geriffelte Luftmatratze abschaffst und eine neue, bequeme kaufst.«

»Mmmmmmm?«, sagte Rob zögerlich, nicht allzu begeistert. »Und *wo* sollen wir zelten?«

»Stell dir mal Folgendes vor«, sagte Donna, lehnte sich in ihrem Stuhl zurück und streckte die Arme in Richtung eines nicht vorhandenen blauen Himmels: »Ein Fluss, der über sonnengewärmte Steine plätschert. Eine tiefe Bucht, in die wir reinspringen können. Alte Gummibäume und weit und breit niemand außer uns. Das will ich.«

»Klingt fantastisch«, sagte Rob. »Ich rufe an und reserviere.«

»Möchtest du nicht lieber ans Meer?«, sagte Sue und strich ihre Bluse glatt. »Ich kenne ein wunderschönes Haus, das wir mieten könnten.«

»Nein«, sagte Donna. »Ich will in die Wildnis. Ich möchte an einen wunderschönen, friedlichen Ort, an den ich zurückdenken kann, wenn ich nachts aufstehe, um mein schreiendes Baby zu füttern. In den Monaten, in denen ich nicht richtig schlafen kann, möchte ich mich daran erinnern, wie es war, auf einer Campingliege zu liegen und ohne Ende zu dösen und zu träumen.«

»Unser Baby wird nicht schreien«, sagte Rob. »Es wird vollkommen sein.«

»Wie willst du denn in der Wildnis aufs Klo gehen?«, fragte Danielle.

Donna lachte. »Rob wird sich schon was ausdenken.«

»Und wenn du das Baby nun früher kriegst?«, fragte Sue. »Es ist nicht mehr lange hin bis zur Entbindung.«

»Ich bin noch nie bei irgendwas zu früh gewesen«, sagte Donna.

»Da hast du Recht!«, sagte Rob. »Frank war ewig überfällig.

Wir haben damals schon gedacht, sie müssten ihn ausräuchern!«

Frank tat so, als würde er ersticken.

Donna ruckelte sich in eine bequemere Position und legte ihre Hände auf den Bauch wie eine satte Kirchenmaus. »Sue, du hast frei«, sagte sie, »Tibor kann sich frei nehmen. Mit Rob geht alles klar. Es ist billig. Es ist das, was ich mir wünsche. Wir sollten gleich nach Weihnachten aufbrechen.«

»Also am zweiten Feiertag«, sagte Papa.

Maggs machte ein langes Gesicht. »Da können wir noch nicht. May ist von einer Freundin nach Sydney eingeladen worden, und ich habe meiner Mutter *versprochen*, dass ich mit ihr ein paar Kisten durchgehe. Ich habe ihr schon zweimal abgesagt. Und Cass wollte zu ihrem Vater …«

»Absagen! Absagen!«, riefen wir alle im Chor.

»Cass kann bei uns bleiben«, sagte Mum. »Kein Problem.«

Cass grinste und winkte ihrer Mutter fröhlich zu. May sah reichlich bedrückt aus.

»Gut, jetzt ist klar, wer, was und wann«, sagte Papa. »Und was ist mit dem Wo?«

»Ich frage meine Schwester Miriam«, sagte Donna. »Wenn es einen solchen Ort gibt, dann weiß sie es.«

»Wenn wir uns alle umhören, dann sollten wir was finden«, sagte Papa. »Treffen wir uns noch mal in ein paar Tagen?«

Papa kann sich nicht bremsen. Er muss immer organisieren.

»Donnerstagabend Pizza bei uns«, sagte Donna.

Danielle und Cass waren schon draußen und schlugen vor

lauter Freude Räder, während Brikett wie irre bellte. »Camping, Brikett! Camping!«

»Wie hat die alte Tante Lillie* immer dazu gesagt?«, fragte Frank.

»Kampieren!«, sagten wir alle zugleich.

Als wir nach Hause kamen, wussten wir noch einen Grund, warum wir kampieren gehen wollten. Danielle hatte die neue Platte der Rabazzniks, »Rock-o-matic«. Sie tanzte dazu und spielte die Platte sechzehnmal hintereinander. Papa hatte die Nase so gestrichen voll davon, dass er rausging und den Strom abschaltete. Danach mussten wir alle Uhren neu stellen. Kampieren zu gehen war schon deswegen sinnvoll, weil wir dadurch den Rabazzniks entkommen würden. Wir alle waren echt krank von dem Sound.

* Das liebe alte Tantchen Lillie wohnte bis zu ihrem Tod in dem Haus von Cass und May.

4 Kampieren!

Donnas Schwester Miriam hatte es übernommen, einen guten Platz zu suchen. Sie fragte den alten Jim. Der alte Jim war ein Freund, der von der Landesregierung angestellt worden war, um im High Country, nicht weit von Miriams Farm, wilde Hunde zu töten. (»Hunde, das heißt Dingos«, sagte Rob, »die sich inzwischen mit Schäferhunden und anderen vermischt haben und gefährlich sind für andere Tiere.«) Der alte Jim hatte fast sein ganzes Leben allein in den Bergen verbracht. Normalerweise hatte er wenig übrig für fremde Leute, aber Miriam und Donna waren okay, denn Jim hatte ihre Mutter gemocht. »Irgendwann erzähle ich euch die Geschichte«, sagte Donna.

Jedenfalls hat sich der alte Jim einen Stock gegriffen und im Sand aufgemalt, wo wir eine schöne Stelle finden konnten. Miriam merkte sich den Plan, hat ihn auf Papier übertragen und uns gefaxt.

»Wenn Miriam sagt, dass der alte Jim sagt, der Platz ist gut, dann ist er gut«, sagte Rob.

»Also nehmen wir den Platz vom alten Jim«, sagte Papa.

Danach wurde überlegt, ob wir Fahrzeuge mit Allradantrieb brauchten oder ob normale Autos reichen würden. Donna rief Miriam an, um das zu klären.

LISTE FÜRS ESSEN

MMMMMMM SPECK

Eier und Speck, zwei Scheiben Speck pro Person, für mindestens drei Mal Frühstück

Mars Riegel ← ganz ganz viele, und dazu jede Menge Lutscher, alle Sorten

50 × 2 Minuten-Nudelsuppe (Hünchen, Asiatisch, Originalrezept) nichts vom Rind

Tomatensuppe (nicht die ohne Salz!!!)

Stockbrot

Backkartoffeln (mit Schale)

Karten fürs Löffelspiel

Löffel fürs Karten-Spiel!

Marshmallows zum Rösten

WUNDA-KERZEN

Dann wurde überlegt, ob wir Mr. Nic einladen sollten. Wollten wir ihn wirklich dabeihaben? Seine Fröhlichkeit ist manchmal ein bisschen nervig. Dann verkündete Frank: »Mr. Nic kommt mit!«

»Woher weißt du das?«

»Ich habe ihn gefragt.«

Damit war das geklärt! Mr. Nic kann man nicht wieder ausladen.

Maggs sagte, wir könnten ihr großes Armeezelt nehmen. Es war seit zehn Jahren verschwunden gewesen, aber beim Umzug in die Stellastraße wieder aufgetaucht. Auf einer Seite war ein Riss und wahrscheinlich war die Plane auch nicht mehr wasserdicht und alles sehr staubig. »Abgesehen davon ist es klasse«, sagte Maggs. »Groß genug für alle Kinder.«

»Juhu!«

Am ersten Ferientag fuhr Papa uns Kinder und das in mehrere Taschen verpackte Zelt und Maggs Zeichnung »Wie-das-Zelt-aufgestellt-wird« in den nächsten Park, denn wir brauchten viel Platz.

»Wenn ihr's aufgestellt habt, könnt ihr mich holen«, sagte Papa.

Mir war es ein bisschen peinlich, im Park ein Zelt aufzustellen.

»Wir sagen einfach, wir sind reiche Straßenkinder«, sagte Zev.

»Nein. Wir sind ein Zirkus!«, sagte Danielle. Das war die Wahrheit.

Also, nach einer halben Ewigkeit, in der Zev und ich alles Nachdenken und Rumschreien und auf Maggs-Plan-Gucken übernommen hatten, stand das Zelt – ein Paar, das seinen Irischen Setter ausführte, und ein Jogger, der früher mal Pfadfinder gewesen war, hatten ein wenig nachgeholfen. Es war wirklich groß. Und stabil. Und eingerissen. Und schwer. Und total COOL!

Wir gingen rein und zogen den Reißverschluss zu. Es herrschte ein dämmeriges Grün wie unter Wasser. Brikett war draußen geblieben, kläffte wie verrückt und wollte dann hinten bei dem Riss rein, was den nur noch vergrößert hätte. Wir machten den Reißverschluss wieder auf.

»Danielle«, sagte Cass, »geh und sag deinem Vater, dass das Zelt steht.«

»Frank«, sagte Danielle, »geh und sag meinem Vater, dass das Zelt steht.

»Brikett«, sagte Frank, »geh nach Hause und sag Danielles Vater, dass das Zelt steht.«

»Brikett, hol Papa!«

»*Wuff, wuff, wuff*«, sagte Brikett.

5 Weihnachten

Ehrlich gesagt, Weihnachten war enttäuschend.
Die Geschenke waren in Ordnung, aber der Tag selber, der war irgendwie gar nicht so toll.

Ratet	mal,	was	Zev	von	Donna	bekam	:	Eine	Taschenlampe.
"	"	"	ich	"	"	"	:	"	"
"	"	"	Danielle	"	"	"	:	"	"
"	"	"	Cass	"	"	"	:	"	"
"	"	"	May	"	"	"	:	"	"
"	"	"	Frank	"	"	"	:	"	"

Wir	schenkten	Cass	einen	roten	Becher.
"	"	Frank	"	"	"
"	"	Zev	"	"	"
"	"	Danielle	"	"	"
"	"	May	"	"	"
Ich	bekam		"	"	"

Jede Familie hat von Donna einen Gutschein für eine Pflanze bekommen.
Ich werde nicht alle Geschenke aufzählen, die wir bekommen haben, nur noch ein paar:

Mir hat Zev ein neues Synonym-Wörterbuch geschenkt und ein Reimlexikon. Ich habe ihm drei neue Kämme geschenkt. (Zev hat eine fantastische Sammlung von Kämmen für seine erstaunlichen Haare.) Danielle und ich haben den Markt danach durch*kämmt*. Es ist wirklich schwer, einen neuen zu finden, er hat so viele.

Wir wollten Zev auch was zum Zelten schenken, aber das Einzige, was wir fanden, war ein Kugelschreiber mit einem kleinen Lämpchen. Wir dachten nicht, dass das was Besonderes wäre, aber er schien sich wirklich zu freuen.

Doch das schönste Weihnachtsgeschenk war das Walkie-Talkie, das Sue und Tibor Zev schenkten. Genau das Richtige zum Zelten. Das Walkie-Talkie packte Zev als Erstes ein. Noch vor der Tasche mit seinen Erfindungen.

Und warum kam uns Weihnachten so lahm vor? Wir freuten uns aufs Zelten! Mir tat May richtig Leid, weil sie nicht mitkonnte.

6 Ab die Post!

»Wie viele Tage sind es noch bis Weihnachten?«

»Dreihundertvierundsechzig!«

»Wie viele Tage sind es noch bis zum Kampieren?«

»Null.«

Danielle war so aufgedreht, dass wir uns auf sie draufsetzen mussten, um sie zu bremsen.

Noch bevor sonst irgendjemand auf den Beinen war, stand ein putzmunterer Mr. Nic mit seinem Seesack und einem alten, schon tausendmal geflickten Feldbett bei Rob und Donna vor der Tür. Rob blickte ihn voller Entsetzen an.

»Ich habe geholfen, den Krieg zu gewinnen, als ich auf diesem Feldbett schlief«, sagte Mr. Nic stolz.

Rob schnappte sich sein Handy. »Maggs, kannst du Val (Mr. Nic) eine bequeme, leichte, moderne Liege aus dem 21. Jahrhundert borgen? Gut.«

»Du bist eben zum Oberleutnant befördert worden«, sagte er zu Mr. Nic.

Wir spielten Läufer und Läuferinnen und übermittelten die Nachrichten von einem Haus zum anderen.

»Kannst du gucken gehen, ob Tibor Ersatzkartuschen für die Gaslampen eingepackt hat?«

»Hat Rob gesagt, er hätte ein Starthilfekabel?«

»Sag Sue, sie braucht sich keine Sorgen wegen des Ketchups zu machen. Ich habe drei große Flaschen.«

Das Telefon klingelte. »Bleib zwei Sekunden dran, ich schnapp sie mir.«

»Ja, wir bringen die große Grillzange mit.«

»Geh Donna helfen.«

»Könntest du mal gucken, was Frank eingepackt hat?«

»Ich bin fertig mit Packen!«, schrie Frank und zog voller Stolz den Reißverschluss seiner dicken Tasche zu.

»Du bist immer noch im Schlafanzug!«, sagte Zev.

Auf einmal surrte etwas ganz unten in Franks Tasche. Das »Alien-Blaster-Spiel« an seinem Schlüsselring.

»Du musst *game over* drücken, bevor du ausmachst«, sagte Cass.

So etwa lief das ab.

Alle schleppten kistenweise Essen heran, wozu auch Donnas berühmter wahnsinniger Bananenkuchen (der nicht lange halten würde) und ihr Nur-für-Erwachsene-Früchtekuchen mit Rum drin (der nicht lange halten würde) gehörten, dazu alle Reste vom Weihnachtsessen, genügend Eierkuchenmix, um ganz China zu ernähren, und Zwei-Minuten-Suppen für eine ganze Stunde.

»Das werden wir nie aufessen!«, sagte Papa.

»Wollen wir wetten?«, fragte Sue.

Alle packten die Bücher ein, die sie zu Weihnachten geschenkt bekommen hatten. Donna packte ein: *Welche Pflanze ist das?* Sue packte ein: *Welcher Vogel ist das?* Mr. Nic packte ein: *Welche Wunde ist das?* Rob packte ein: *Was für ein Baby ist das?* Papa packte ein: *Welcher Stern ist das?* Und Danielle sagte, sie habe *Was für ein niedliches kleines Beuteltier beißt dir da ein Loch in die Luftmatratze?* eingepackt.

Jeder wollte bei jemand anderem mitfahren. Mama wollte mit Sue reden, Papa wollte mit Donna reden, Mr. Nic wollte mit Rob reden, die Kinder wollten alle zusammenbleiben und Brikett wollte bei allen mitfahren.

Und so fuhren wir los: Fünf Kinder, sieben Erwachsene, ein Hund, tonnenweise Lebensmittel PLUS einhundert im letzten Moment eingepackter Ohne-die-wir-nicht-überleben-können-Dinge, die in alle Ecken gestopft wurden. (Mir piekte das Monopoly-Spiel in den Nacken, Danielle kullerten dauernd reife Aprikosen aus einer Tüte über die Schulter und Frank hatte Brikett unter seinen Füßen.)

Unterwegs hielten wir an und machten ein Picknick. Danielle stritt sich mit Frank, so dass wir Kinder alle in unsere Familienautos mussten – bis zum nächsten Halt an einer Eisbude. Danach stiegen wir wieder in unterschiedliche Autos.

7 Durch das Tor

Wir folgten dem Plan vom alten Jim (der sich als total genau erwies), fuhren durch den letzten Ort und noch zwanzig Kilometer weiter. Dann bogen wir rechts von der Asphaltstraße auf einen Forstweg. Wir rumpelten und hoppelten voran, die Piste wurde immer holpriger, bis wir das Gefühl hatten, wir müssten unsere Knochen sortieren.

»Hoffe, es lohnt sich!«, sagte Papa.

»Hoffe, das Auto fällt nicht auseinander«, sagte Frank.

»Hoffe, *ich* falle nicht auseinander«, sagte Danielle.

»Hoffe, Donna steht das durch«, sagte Mama.

»Das Ganze war ja schließlich ihre Idee«, sagte Papa. »Sie wollte doch unbedingt zurück zur Natur. Bitte schön, das hier ist Natur. Jetzt sperrt die Augen auf, damit wir das Tor finden.«

Wir holperten immer weiter, wurden langsam ungeduldig und unsicher, als plötzlich auf der linken Seite ein Tor auftauchte. Es war verrostet, verbogen und mit Draht geflickt. Es musste lange her sein, dass jemand es benutzt hatte. Mr. Nic hatte Schwierigkeiten, es über die dicken Grasbüschel am Boden zu zerren. Dann, und das war beinahe wie im Kino, tauchten von irgendwoher ein Mann und ein Kelpie auf. Obwohl es warm war, trug der Mann eine ungewöhnliche

Weste aus Opossumfell. Er lächelte nicht. Er hielt die Hand hoch, um uns anzuhalten.

»Das ist er«, sagte Papa.

Der alte Mann guckte in die drei Autos, musterte uns, überlegte, ob er sich auf uns einlassen sollte oder nicht. Donna zwängte sich aus dem Auto und watschelte mit ihrem dicken Bauch auf ihn zu. Er guckte sie scharf an.

»Was soll das?«, flüsterte Papa. »Ist das eine Prüfung, die wir bestehen müssen?«

Donna und der alte Jim redeten ein paar Minuten lang miteinander, dann winkte Donna uns zu sich.

Wir quetschten uns aus den Autos (das Monopoly-Spiel, eine Rolle Toilettenpapier, mehrere Aprikosen und Brikett fielen mit heraus). Vorsichtig gingen wir auf die beiden zu. So als wollten wir vermeiden, den Mann zu verschrecken.

»Ich freue mich, Sie kennen zu lernen«, sagte Mr. Nic. Die beiden Männer schüttelten einander die alten, ledrigen Hände.

Mr. Nic blickte sich um. »Irgendwo war hier ein Bahnhof, wenn ich mich richtig erinnere«, sagte er.

»Jaha«, sagte der alte Jim und hob seine buschigen, weißen Augenbrauen. »Wie kommt's, dass Sie das wissen?«
»Hab für die Bahn gearbeitet«, sagte Mr. Nic. »Ewig her. Die Staatliche Bibliothek hatte einen Bücherdienst für abgelegene Gebiete. Jahrelang habe ich einmal im Monat Buchpakete hierher geschickt.«
Das Gesicht des alten Jim verzog sich zu einem Lächeln. Verziehen ist genau das richtige Wort. Seine alte Walnusshaut geriet in Bewegung, die tiefen Furchen ordneten sich neu und brachten ein Lächeln zustande! Wir alle lächelten über sein Lächeln.
»Na, so was aber auch!«, sagte er. »Die wer'n alle für mich gewesen sein!« Der alte Jim nahm seinen Hut ab und kratzte sich am Kopf. »War fast immer allein hier oben. Hab gelesen, was ich in die Finger gekriegt hab. Einmal im Monat bin ich zum Bahnhof geritten, um die Bücher abzuholen. Braune Packpapierpakete warn das, mit Bindfaden verschnürt. So was aber auch! Jaha, und den Bindfaden, den benutz ich immer noch.«
Donna merkte, dass die beiden alten Kerle den ganzen Tag verschwatzen würden, wenn man ihnen die Gelegenheit dazu gab.
»Wir werden auch ein bisschen was lesen«, sagte sie lächelnd, »aber erst müssen wir mal dort sein.«
»Genau«, sagte der alte Jim. (Offenbar hatten wir die Prüfung bestanden.) »Ja, is schon ein hübscher kleiner Flecken da am Warrangalla. Ein oder zwei Meilen ins Tal rein, mehr nich. Sie fahren durch Privatgelände, aber das brauch Sie

nich zu kümmern. Hat dem alten Man Rushton gehört. Is letztes Jahr gestorben«, sagte der alte Jim mit einem zufriedenen Lächeln, als hätte er einen Wettbewerb gewonnen. »Seitdem war niemand an dem Platz. Und Sie behalten den besser auch für sich.«

Wir schnappten Brikett und quetschten uns wieder in die Autos.

»V'leicht komm ich euch mal besuchen.«

»Das wäre schön«, sagte Donna und schob sich in den Wagen.

»Immer hübsch langsam!«, rief der alte Jim und winkte, als wir an ihm vorbeirumpelten.

»Geht ja gar nicht anders«, sagte Papa.

8 Ein wilder Flecken

Unser kleiner Konvoi schraubte sich langsam in ein Tal hinunter, schlingerte über Steine und Grasbüschel. Akazienzweige kratzten am Auto entlang, und einmal mussten wir anhalten, um einen riesigen Ast aus dem Weg zu räumen. Dann kamen wir an eine breite, flache Furt. Wir lehnten uns aus dem Fenster und wurden nass, als das Wasser von den Reifen hochspritzte. Das Abenteuer hatte begonnen!

»Woher wissen wir, wann wir da sind?«, fragte Danielle.

Die Autos kämpften sich einen steilen Hang hoch, kletterten über den Kamm und plötzlich riss auf der anderen Seite die Wildnis auf. Wir wussten sofort: Das war die Stelle. Da gab es keinen Zweifel.

Wir fuhren hinunter auf eine grasbewachsene Lichtung. Durch die alten Gummibäume erblickten wir eine breite Flussbiegung. Das Wasser plätscherte über sonnengewärmte Steine. Flussabwärts bildete ein Ring aus größeren Steinen eine Art Schwimmbecken und am anderen Ufer ragte ein wunderbar dichter Wald empor. Links neben dem Schwimmbecken stand ein Hain zarter, hoher Pappeln. Und schließlich, wie um das Bild abzurunden, neigten sich die Wiesenkräuter im Hauch einer leichten Brise.

»O Mann!«

»Cool!«
»Großartig!«, sagte Rob. Dann probierte er sein Handy aus.
Nichts. Die Außenwelt war verschwunden.
»Ich glaube, wir sind in ein Wildnis-Poster gefahren«, sagte Zev.
Dann, als wir alle ausgestiegen waren, kam dieses unheimliche ***Kriiiieeeekraaaaschesch!!!*** und von einem der Gummibäume am Fluss krachte ein mächtiger Ast herab.
»Also, wenn das eine Begrüßung sein soll, dann hauen wir lieber wieder ab!«, sagte Danielle.
»Warum hat er das getan?«, fragte Cass.
»Wenn für einen Baum die Last zu schwer wird, dann wirft er einen Ast ab«, sagte Sue.
»Guck doch in *Welcher Ast fällt denn da?* nach«, sagte Rob.
»Stellt euer Zelt nicht unter einen Baum«, sagte Mama.
Das war ein deutlicher Hinweis, dass wir uns mitten in der Wildnis befanden, folglich bekamen wir Kinder gleich zwei Minuten nach unserer Ankunft eine »Wildnis«-Lektion verpasst, also alles zum Thema Schlangen, Alleine-Weggehen, Sonnenschutz, Genügend-Wasser-Trinken usw. usw. usw.
Als Erstes gingen wir zum Fluss und erkundeten das herrlich breite Schwimmbecken mit dem felsigen Ufer. Von dort kletterten wir um die Biegung, wo das Wasser zwischen rund geschliffenen Steingebilden flussabwärts gurgelte.
»Können wir direkt draus trinken, wie die Tiere?«, fragte Cass.

»Also, wenn das Wasser hier schon verdreckt ist, dann ist alles zu spät«, sagte Papa.
Brikett sauste im Kreis herum. »Die ist übergeschnappt!«, schrie Zev. »Die schnappt nach ihrem eigenen Schwanz!«
»Ist ja auch obercool hier!«, sagte Danielle und machte einen Handstand.
»Und du wolltest Minigolf und Trampolin!«, sagte Papa.
»Total abgefahren!«
»Ich geh schwimmen!«
Das Zirkuszelt aufzubauen war eine Riesenaktion und sehr komisch! Als Rob, Zev und ich es aus dem Wagen hievten, riss das Gummiband von Zevs Shorts. »Mitten in der Vorstellung fallen meine Hosen!«, schmetterte er wie in der Oper. »Jetzt sitzen sie unterhalb der Zeugungsorgane.« Dann fehlte das Vorderteil des Zeltes.
Als Letztes rollten wir den Teppich aus. Voilà! An zwei heilen Stellen, wo die Möbel draufgestanden hatten, konnte man sehen, dass er einmal sehr bunt gewesen war. Nun war er eher fadenscheinig und hatte doch etwas Zauberhaftes an sich.
»Das ist der Teppich von Aladin!«, sagte Cass.
Solange ich lebe, werde ich nicht vergessen, wie wir auf dem Teppich gesessen, gestrickt und das Löffelspiel gespielt haben.
Sehr komisch war auch das Aufblasen der Luftmatratzen. Der Blasebalg gab die tollsten und ekligsten Furzgeräusche von sich, die nacheinander aus allen Zelten drangen, so dass Frank einen Lachanfall bekam.

Nachts im Zelt fragte Frank: »Sind wir jetzt in der Wildnis? Kommt mir gar nicht wie Wildnis vor.«
»Weil wir alle zusammen sind«, sagte Danielle. »Wenn du hier alleine wärst, dann wäre das Mega-Wildnis.«
»Und was ist mit dem runtergefallenen Ast?«, fragte Zev.
»Oh, da fällt mir was ein«, warnte ich die anderen. »Danielle schlägt nachts um sich.«
»Zev, lass dein Haar funken!«, sagte Cass.
In jener Nacht tanzten die Funken wie Feuerwerk aus seinem Haar heraus.
»In den Ferien geht's wohl besser«, sagte Frank.
»Ich will jetzt schlafen«, sagte Danielle. »Wer morgen früh als Letzter zum Schwimmen kommt, den laust der Affe.«

Lieber Gott,
ich danke dir!
Henni

Nachts wachte ich auf und hörte ein Geräusch, das ich für Regen hielt. Ich streckte die Hand aus dem Zelt … aber da war nichts. Es war nur das leise Murmeln des Flusses.
Später wachte ich bei Mondlicht auf und eine Brise strich durch die Baumwipfel. Nachtvögel riefen einander.

9 Hier gehen wir nie wieder weg

Es war noch sehr früh, als ich am nächsten Morgen aufwachte und mir plötzlich einfiel, wo wir waren. Ich schlug die Zeltklappe beiseite und streckte den Kopf hinaus, um zu sehen, ob es auch wirklich wahr war. Nicht eines der Milliarden Blätter des Waldes bewegte sich. Goldener Sonnenschein überflutete die Lichtung und die verrückt verdrehten Äste der Gummibäume zeichneten sich als Silhouetten vor dem Himmel ab.

Die Vögel machten einen unglaublichen Krawall, als würden sie bei einem großen Vogel-Finale ununterbrochen ihre Mannschaft anfeuern.

Und das wurde untermalt vom steten Murmeln des Flusses, der über die Steine plätscherte.

Ich beobachtete einen Kakadu und ein Elsterpaar, die aneinander gerieten. Der Kakadu war offensichtlich in das Territorium der Elstern eingedrungen und die beiden stürzten sich wie Darth Vaders Tie Fighter auf ihn. Schließlich hatten sie ihn verjagt.

Peitschenvögel ließen ihre Peitschen knallen und ein witziger Wecker-Vogel sang eine einzige Note – *da da da da … da da da da … da da da da …*

Die anderen Zelte waren alle noch geschlossen. Niemand

rührte sich. Ich fühlte mich unglaublich glücklich und kuschelte mich wieder in meinen Schlafsack.

Am ersten Tag taten wir nichts außer schwimmen, rumliegen, uns umsehen, uns einrichten und uns über unser Glück freuen.
»Hier gehen wir nie wieder weg«, sagte Mama.
»Wir kriegen Kinder und bauen Gemüse an. Ihr Männer könnt jagen und angeln gehen«, sagte Donna.
»Wir gehen nie in die Schule«, sagte Danielle.
»Wir spielen den ganzen Tag«, sagte Frank.
Eine der allerwichtigsten Angelegenheiten war der Bau einer Toilette. Mr. Nic und Rob wählten einen abgelegenen Ort, weit genug weg vom Fluss, und gruben ein Loch. Obwohl die Stelle von unserem Platz aus nicht zu sehen war, stellte Rob zusätzlich einen Wandschirm aus Sackleinen auf.
Papa gefiel das Ganze so gut, dass er es *Förder-Kunst-Kabinett-Installation* nannte. Es war schon toll, mit einer Schaufel und allem, aber trotzdem surrten dort die Fliegen rum wie Jungs im Computer-Center.
Brikett war selig über

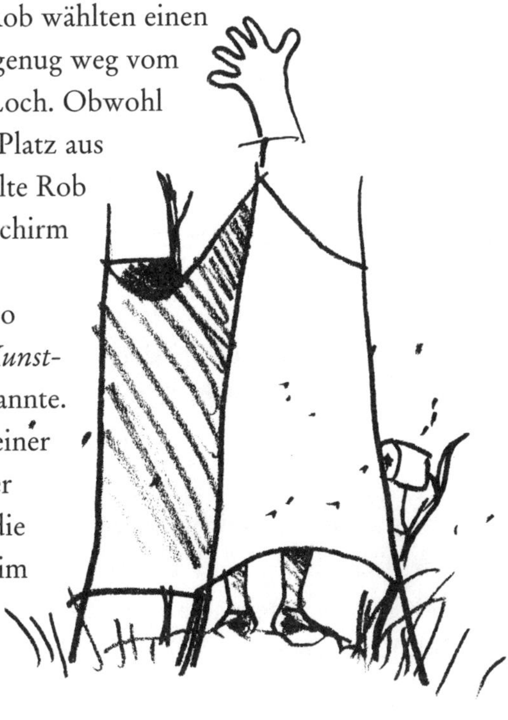

ihre Freiheit. Sie durfte alles tun, was sie wollte, *außer* an unsere Lebensmittelkisten gehen (eine Lektion, die sie in der ersten Stunde lernte). Sie hatte ihren kleinen Teppich, der auf Robs Seite unter der Zeltplane lag, einen Fluss, aus dem sie trinken konnte, und sie konnte die ganze Zeit bei ihren liebsten Menschen sein.

Dann fand Brikett irgendwo am Flussufer einen besonderen Leckerbissen. Gerade als wir das restliche butterweiche Weißbrot mit dem restlichen Weihnachts-Schinken und die Minzpasteten aßen, kam Brikett mit etwas im Maul angetrottet.

»Ih, Brikett! Du *Schwein*!«

»Was ist das?«

»Was hat sie da?«

»Einen *oberekligen*, vergammelten Huf!«

»Brikett!« Rob zog ihr das Teil aus dem Maul. »Du und dein ekelhafter Huf – weg damit!« Und mit einem gewaltigen Wurf schleuderte er das Teil in den Wald, dann wusch er sich die Hände und machte sich wieder über sein Brot her.

Mit den Aluminiumschalen der Minzpasteten veranstalteten wir ein Schiffsrennen. Mein Schiff ist immer gesunken. Der Trick bestand darin, das kleine Boot genau an der Stelle ins Wasser zu legen, wo die Strömung am stärksten war. Wir kriegten einen kleinen Schreck, als Frank seinem Schiff bis ins Tiefe folgte und beinahe flussabwärts getrieben wäre. Ich konnte ihn gerade noch festhalten.

Ich hatte das eigentlich nicht schlimm gefunden, aber Frank

zitterte und die Erwachsenen flippten regelrecht aus. Papa malte sich alle Einzelheiten in Technicolor aus.

Das Ganze endete schließlich mit dem ersten von Tibors Seiltricks. Tibor schwamm mit einem langen Seil über den Fluss und band es auf beiden Seiten mit einem sehr fachkundig aussehenden Knoten an je einem Baum fest. Damit war das Problem gelöst. Wer weggetrieben wurde, brauchte sich nur am Seil festzuhalten und sich ins flache Wasser zu ziehen.

Der Pappelhain am Flussufer, links von unserem Badestrand, war wie eine kühle, blättrige Kathedrale. In der heißesten Zeit des Tages brachten wir unsere Strandmatten, Bücher, Kissen und Zeitschriften an diese schattige Stelle und ließen uns dort nieder. Das war unser Lesezimmer.

»Ihr seht aus wie ein Haufen junger Hunde«, sagte Sue und vertiefte sich in ihre Illustrierte.

Mama las uns jeden Tag ein Stück aus Roald Dahls *Mathilda* vor, dann legte sogar Papa sein Handelsblatt weg und hörte zu. Mama nahm immer ein Gummibaumblatt als Lesezeichen.

Brikett machte der friedlichen Stimmung ein Ende. Ja. Ihr habt richtig geraten ... der Huf!

Rob zerrte ihn ihr wieder aus dem Maul und marschierte in den Wald hinein. »Haltet den Hund fest, ja?«

Brikett konnte nicht verstehen, warum wir ihren wunderbaren Huf nicht mochten.

Wenig später kam Rob zurück. »Den sehen wir nicht wieder.«

Aber Brikett liebte uns trotzdem noch, obwohl wir ihr den Huf weggenommen hatten. Sie murrte kein bisschen.
»Ob die wohl ein Gedächtnis hat?«, fragte Zev.
»Und ob sie ein Gedächtnis hat!«, sagte Frank.

10 Nacktbaden

(Das war der Tag, an dem wir uns einen Sonnenbrand holten.) Nackt badeten wir dem Alter nach. Frank war der Erste, weil er seine Badehose nicht finden konnte. (Danke, Danielle, dass du unser Zelt so sauber und ordentlich gehalten hast!) Dann sagte Cass, Danielle würde sich nicht trauen, und damit war die Sache gelaufen.

»Es ist toll!«, kreischte Danielle. »Obercool! Und man muss nicht die Badesachen suchen und anziehen und nachher aufhängen und das ganze Theater.«

Sie schwamm auf die andere Seite hinüber und rief dabei: »Es ist warm. Es ist eisekalt. Es ist eisekalt. Es ist warm!«, während sie durch die verschiedenen Stellen glitt. »Es ist kalt, wenn man die Füße runterlässt. Hier ist ein ganz kaltes Stück.«

»He, ihr! Ich habe nur meine Haut an!«, rief Cass. Sie stand auf einem Stein und wedelte mit ihrem Badeanzug. Dann warf sie ihn ans Ufer.

Mir war es erst etwas peinlich und ich versteckte mich im Wasser, aber für mich war das Baden ein ganz besonderer Luxus, denn wenn ich in Chlorwasser schwimme, bekomme ich Ausschlag. Mir gefiel das kühle, glatte Fischgefühl, so nixenhaft und frei.

»Nacktarsch!«, schrie Zev und machte von einem Stein aus eine Bombe.

Nur zwei der Erwachsenen badeten nackt, und zwar ziemlich diskret. Nicht so wie wir.

Vom Zirkuszelt bis zu unserem Pool in der Bucht waren es fünfunddreißig Schritte am Ufer entlang. Die großen, runden Steine auf der einen Seite nannten wir Regierungssteine, weil unsere Eltern wie Stammesälteste aussahen, wenn sie dort saßen. Stromaufwärts war ein spitzer Felsen, den wir Vogel-Igitt-Insel nannten, weil ein Reiher-Paar dort gerne sein Geschäft verrichtete.

Auf der gegenüberliegenden Seite floss der Fluss ruhig vor sich hin – tief, dunkel und kühl. Die Strömung war stark. Selbst wenn man mit aller Kraft schwamm, kam man nicht voran, und trotzdem war die Strömung kaum zu sehen, höchstens wenn Blätter oder Äste im Wasser trieben.

Für Donna war die ruhige Bucht wunderbar. Sie schlüpfte hinein und träumte vor sich hin. Wenn sie sich im Wasser treiben ließ, spürte sie ihren dicken schweren Bauch mit Baby Wassermelone nicht mehr. Rob nannte Donna den großen weißen Wal. Wenn sie nicht im Wasser war, schlenderte sie umher und studierte Pflanzen oder faulenzte mit ihrem Krimi auf ihrer Campingliege. Alles machte sie in Zeitlupe.

Cass eröffnete ein Steingeschäft, in dem sie – richtig geraten! – Steine verkaufte. Am teuersten waren die mit interessanten Formen und die guten Wasserhüpfer. Dann entdeckte Danielle, dass man auf einigen Steinen malen konnte, also machte sie ein Geschäft für Steinhandys und Steinuhren auf.

Frank hatte Glück und fand einen seltenen Schatz – einen Stein, der die Form eines Herzens hatte. Er nannte ihn das Herz des Flusses, und wer das Herz in Franks Museum sehen wollte,

musste eine Gummibaum-Samenkapsel zahlen. Ich hatte ein Farbengeschäft, in dem es Tonerde in den verschiedensten Farben gab.

Mit der Tonerde bemalten wir uns gegenseitig wie für ein Initiations-Fest, und Zev machten wir eine Igelfrisur.

Dann erfand jemand (wahrscheinlich Cass oder Danielle) ein Spiel, das Pop-Stand hieß. Das geht so: Wer dran ist, muss eine Anweisung geben, zum Beispiel: »Schere! Balletttänzerin! Siegeszeichen!«

Dann müssen alle im Fluss einen Handstand machen und mit den Beinen eine Schere, eine Balletttänzerin oder was auch immer darstellen. Die Erwachsenen fanden das so komisch, dass sie runterkamen und zuguckten, und schließlich übernahmen sie das Rufen und die Wertung.

Als es dunkel war, beteiligten sich die Erwachsenen sogar beim Taschenlampenspiel. Je mehr Leute mitspielten, desto größer ist der Spaß. Mr. Nic rührte sich kaum hinter seinem Busch. Kein Wunder, dass er den Krieg überlebt hat. Auf Mama war ich sehr stolz. Sie hat es fast geschafft, bis in die Mitte zu kommen.

»Jetzt spielen wir Krankenhaus«, sagte Papa und tupfte sich das Blut von einem Kratzer an seinem Bein ab. Wir waren alle ein bisschen lädiert.

Es war ein toller Abend.

»Mich hält mein Sonnenbrand warm«, sagte Zev.

11 Coole Tage am Fluss

»Das Schlimmste«, sagte Mr. Nic, »ist Sonnenbrand auf dem Hintern.«
Es muss an der frischen Luft und seinen bloßen Beinen gelegen haben, dass er so lebendig war. Er führte kleine Freudentänze auf und wollte, dass wir zum Spaß kämpften.
»Ich kann mich an einen gewaltigen Sonnenbrand erinnern«, sagte Mama. »Mein Bruder hat mir ein Stück Haut vom Rücken gezogen, das war so groß wie ein Briefumschlag.« (Meine vernünftige Mutter hat sich einen Sonnenbrand eingefangen!)
Rob war regelrecht inspiriert. Immer wieder brachte er ein paar Verszeilen oder ein kleines Lied zustande. Beim Arbeiten singt er ja öfter, aber das Dichten war eine echte Überraschung. *»Lass dich verwöhnen, du Camperin, was ist in deinem Geschenkkorb drin?«*, säuselte er Donna vor, dann machte er einen kleinen Hippie-Tanz um sie herum und sang: *»Ich glaube inzwischen auch an Wunder. Wo kommst du her, du süße Flunder?«*
Die Erwachsenen kamen gut miteinander aus, obwohl Papa Rob manchmal auf die Nerven geht, weil Papa immer alles organisieren will, und Rob Papa auf die Nerven geht, weil Rob sich nicht organisieren lassen will.

Tibor gefiel das Chaos bei den Küchenkisten nicht, also machte er sich daran, einen vernünftigen Proviantwagen zu konstruieren. Wenn Tibor eine Sache im Kopf hat, dann sagt er nichts, sondern stöbert nur herum und sucht sich zusammen, was er braucht, wie ein Vogel, der ein Nest baut.
Dann verwarf er aber die Idee mit dem Proviantwagen und beobachtete uns beim Baden. Er borgte sich meine Taucherbrille und suchte dort, wo sich der große Baum über die Bucht lehnt, unter Wasser nach Hindernissen. Dann stellte er sich auf eine Kühlbox und bat Danielle, auf seine Schultern zu steigen und ein Seil über den Ast zu werfen, der über den Pool ragte. Dann zog Tibor die Schlinge am Ast fest und band an das freie Ende einen Stock. Damit kletterte er ganz weit die Uferböschung hinauf, schwang sich über die Bucht und machte eine mächtige Bombe ins tiefe Wasser.
»Irre!«
Beim ersten Mal blieb einem der Magen irgendwo mitten in der Luft hängen. Wir machten Bauchklatscher, Kerzen und Bomben. Wir schrien, wenn wir schwangen, und kreischten, wenn wir fielen.

»Ihr seid wie Teebeutel – rein ins Wasser, raus aus dem Wasser«, sagte Mr. Nic.

So glitten die Tage dahin. Die Sonne stand auf und die Sonne ging unter und wir standen mehr oder weniger mit ihr auf und gingen mit ihr schlafen. Alles war, was es war. Holz war Holz, Steine waren Steine und Spaß war Spaß.

In den ersten Tagen war das Wetter wunderbar, dann wurde es immer heißer. Wir sprachen ein paar Mal darüber, was wir tun würden, wenn es einen Waldbrand gäbe, und wir gingen mit unserem Kochfeuer ganz besonders sorgfältig um. Aber Feuer war dann doch nicht das Problem, wie sich später herausstellte.

Wir wanderten auf Tierpfaden durch die Wildnis – vielmehr mussten wir uns regelrecht durchschlagen. Wir gingen zurück zur Furt und suchten dort nach Gold. Wir bauten aus

Plastikschalen und -flaschen ein kleines Floß, etwa so groß wie ein Tablett, ließen unsere Schuhe und Sonnenhüte darauf zur anderen Flussseite hinübertreiben, schwammen hinterher und erforschten das andere Ufer.

Wir fanden die Ruinen eines alten Hauses (nun ja, es waren ungefähr fünf Ziegelsteine und ein bisschen Efeu, aber man konnte sehen, wo das Haus mal gestanden hatte) und einen Pflaumenbaum, der voller reifer Früchte hing. Cass fand unseren zweitbesten Schatz: einen kleinen Porzellanfuß. Wir waren sicher, dass es der Fuß von Alice im Wunderland war.

Cass war überhaupt die beste Schatzsucherin, was uns verrückt machte, denn sie schien überhaupt nicht zu *suchen,* war viel zu sehr damit beschäftigt, auf den Händen zu stehen. Sie sagte, sie hätte »Finde-Augen«.

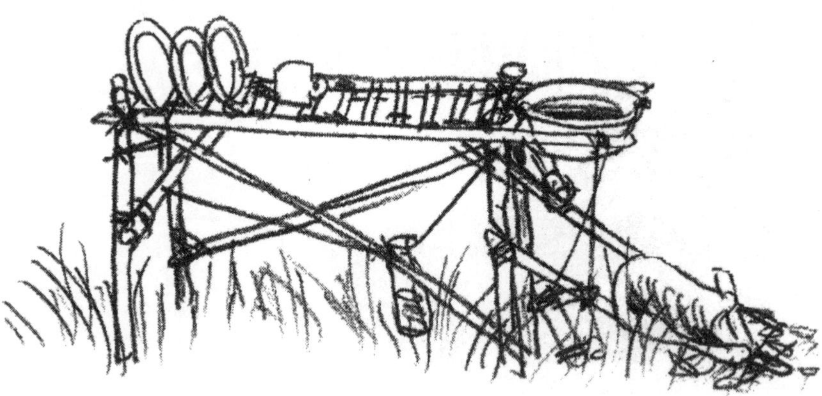

12 Jagd auf das Opossum

Am nächsten Tag war Silvester. Nach Einbruch der Dunkelheit, als die Sterne herauskamen, feierten wir, indem wir den Forstweg entlanggingen und den Geräuschen der Nacht lauschten.

»Es wird ein sehr ereignisreiches neues Jahr werden!«, sagte Rob. »Mit Babys und Oberschule.«

Eine Eule heulte zweimal.

»Doppelt heult auch nicht besser!«, sagte Mr. Nic. Der hat vielleicht Sprüche drauf.

»Oh, guckt doch mal!« Rob war ganz aufgeregt. »Flughörnchen! Wundersame kleine Wesen! Hier ist ihr Landeplatz. Seht ihr die Kratzer?« Er leuchtete mit der Taschenlampe den Stamm eines Gummibaums hinauf. Wie auf ein Stichwort hin klatschte ein kleines Flughörnchen an den Baum und trippelte davon. Rob fand noch ein weiteres Flughörnchen und leuchtete ihm mit der Taschenlampe hinterher. Es war unglaublich, wie diese kleinen Fellknäuel sich in Flugdrachen verwandeln und von Baum zu Baum springen konnten.

»Warum machen die das?«

»Aus Spaß. Wie Kinder auf Skateboards. Sie finden das toll. Und außerdem kann sie deshalb keiner so schnell fangen.«

Robs Taschenlampe schwenkte durch den dunklen Wald. Plötzlich quiekte Cass, als ob sie was gezwickt hätte.
»Ich habe jemanden gesehen!« Ihr Gesicht war weiß. Sie sah ganz verstört aus. »Ich habe jemanden gesehen! Hinter dem Baum! Einen Mann mit vielen Haaren!«
Ihre Angst steckte uns an.
»Ich hab mir das nicht ausgedacht. Ganz bestimmt, ganz, ganz bestimmt habe ich jemanden gesehen«, sagte Cass.
Rob ging sofort hin und leuchtete mit seiner Lampe herum. *»Hallo? Wer ist da?«*
Niemand. Nicht eine Spur. Nichts.
Die Erwachsenen schlugen einen besänftigenden, beruhigenden Ton an: »Wir sind weit weg von allem. Wer sollte denn hier hinter uns herspionieren? Was sollte jemand von uns wollen? Es gibt nichts zu stehlen. Wir haben keinerlei Geheimnisse.«
Dann versuchten sie es auf die witzige Tour: »Hat irgendjemand eine Atombombe im Gepäck?«
»Es könnte der alte Jim gewesen sein. Er hat gesagt, dass er uns besuchen will.«
»Nein, der alte Jim war's nicht. Der hat eine andere Figur.«
»Das kommt von dem vielen gruseligen Opossum-Gerede.«
»Von zu wenig Schlaf!«
»Du hast was gesehen, Cass, und wir wissen nicht, was es war, aber ich glaube nicht, dass es ein Mensch war«, sagte Sue. »Kann ja auch ein Känguru gewesen sein, das wie ein Mensch aussieht.«

Später, als wir nicht einschlafen konnten, redeten wir noch stundenlang darüber.
»Vielleicht hast du Recht, Frank«, sagte Cass. »Vielleicht klaut wirklich jemand Essen bei uns.«

Am nächsten Morgen nahmen wir uns die Küchenkisten vor und zählten alle Sachen, von denen wir meinten, dass sie verschwinden könnten, besonders Sachen, die in knittrigen Tüten steckten.
»Wie viele Zwei-Minuten-Suppen?«
»Zweiundzwanzig Zwei-Minuten-Suppen.«
»Wie viele Weetabix? Kekse? Usw., usw., usw. Okay. Und morgen zählen wir nach.«
Am nächsten Morgen: Nur noch *ein*undzwanzig Zwei-Minuten-Suppen! Und vier Weetabix fehlten!
»Ein bisschen von diesem, ein bisschen von jenem«, sagte Zev.
»O Mann!«
»Was sollen wir machen?«
»Beobachten!«
»Heute Nacht halten wir abwechselnd Wache, wie auf einem Schiff«, sagte Zev. »Erst Danielle, dann Cass, ich, Hen und Frank. Jeder zwei Stunden.«
Danielle fand einen guten Stock.
»Und dann? Ihnen hinterhergehen? – Sie festnehmen? – Und wenn sie nun gefährlich sind? – Wenn es jemand ganz Verzweifeltes ist? – Ein böser Geist mit einer tödlichen Waffe?« Die drei steigerten sich richtig rein in ihre Angst.

»Erde an Dan, Cass und Frank!«, sagte Zev. »Weetabix und Zwei-Minuten-Suppen! Ich lenke ab, Hen, du leuchtest mit der Lampe, Cass, du rufst die Eltern, und Dan, du hältst den Stock bereit.«
Es war Cass, die mich weckte, und sie hatte solche Angst, dass sie keinen Ton rausbrachte.
Eine große, dunkle Gestalt kramte in unseren Küchenkisten. Zev schlüpfte hinaus und als Nächstes sahen wir aus dem Eimer auf dem Küchentisch Funken sprühen.
Die Gestalt erstarrte. Ich leuchtete ihr mit der Lampe ins Gesicht. »O NEIN!«
»Es ist KIPPE!«
In diesem winzigen Augenblick kippten unsere Ferien.
Erinnert ihr euch an Kippe von Donnas Arbeit? Also, Kippe war dieser blöde Typ, der zwischen seiner Mama und seinem Papa hin- und herzog, nach Zigaretten stank und aller-

hand Mist machte – zum Beispiel: sich in der Straßenbahn ohne Fahrschein erwischen lassen oder einen Liter Milch klauen. In der Schule war er nicht schlecht, aber lesen konnte er nicht, also lernte er nicht viel. Seine Mutter warf ihn raus und so lebte er manchmal bei seiner Großmutter. Er war älter als wir und gepierct wie ein Nadelkissen.

Er hatte eine Weile bei Donna und Rob gewohnt, und wir hatten versucht, ihn bei uns mitspielen zu lassen, aber er war ein hoffnungsloser Fall und hat jedes Spiel kaputtgemacht. Über unsere Witze hat er gelacht und so getan, als würde er sie verstehen, aber in Wirklichkeit hat er's nie gerafft. Eines konnte er echt gut und das war schlafen. Er sagte, das Schlafen habe ihm sein Vater beigebracht – mit Bier.

Ich glaube, Donna war die Einzige, die je nett zu ihm war. Eine kurze Zeit ging es gut, und Kippe lief rund, als hätte Donna ihn geschmiert. Er hatte sogar eine Art »Arbeitserfahrung«, wie Rob das nannte, aber lange hielt das nicht an. Er ließ immer die Schultern hängen und schlurfte durch die Gegend. Als er bei Rob und Donna wohnte, sagte Mama immer, sie würde zu gerne dafür sorgen, dass er aufrecht geht und die Füße hebt. Aber wie sollte sich einer für seine Haltung interessieren, wenn er keine Mutter und keinen Vater hat?

Donna mochte ihn. Sie fand etwas an ihm, was wir nicht sehen konnten. Sie gab sich große Mühe, aber sie fand einfach keinen Ort, wo er hingepasst hätte.

Ich war vollkommen von den Socken, dass Kippe diesen abgelegenen Ort ausgemacht hatte. Vielleicht war er gar nicht so blöd. Er musste sehr verzweifelt gewesen sein, dass er alleine so weit gelaufen war, uns dauernd hinterher. Er trug ein schmutziges T-Shirt, auf dem stand: *Immer auf der Kippe – keine Regeln!,* und schwarze Jogginghosen, die an den Knien eingerissen waren. Seine Haare waren höhlenmenschmäßig lang und verfilzt, so dass er aussah, als hätte er keinen Hals.

»Was um alles in der Welt hast du hier zu suchen, Kippe?«, fragte Zev und blickte von ihm zu den Zelten.

»Ich will, dass Donna mir hilft.«

Wir stöhnten still vor uns hin, aber Giftnudel Danielle platzte ohne Umschweife heraus: »Donna hat sich diese Ferien ausgesucht, damit sie ihre Ruhe hat und ganz weit weg von allem ist – ganz besonders von Leuten wie dir! Also: HAU AB!«

Junge! Keiner wollte ihn hier haben, aber Danielle war zu offen und gemein. Cass war schockiert. Sogar Kippe, der nie besonders heftig auf irgendwas reagierte, sah noch niedergeschlagener aus als sonst.

»Was ist denn passiert?«, fragte ich. Danielle glotzte mich an wie ein Kampfhuhn.

Kippe pflanzte sich auf einen Felsen und packte die ganze Geschichte aus: Er hatte ein bisschen Schule geschwänzt (die Sonderschule, in der ihn Donna endlich nach langen Mühen untergebracht hatte), weil die anderen ihn dauernd gehänselt hatten, dann hatte er wieder Krach mit seiner Mutter …

»Typisch!«, fauchte Danielle … und seine Mama hatte ihn rausgeschmissen und zu seinem Papa geschickt, aber sein Papa war umgezogen … *»Typisch!«* … Also hatte Kippe in der Garage eines leeren Hauses geschlafen, was besser war als im Karton unter der Brücke, dann hatte er eine Weile tagsüber im Zug geschlafen, dann hatte er andere Jugendliche getroffen, die im Einkaufszentrum rumhingen und Taschen klauten … *»Typisch!«* … Und wenn sie eine offene Tür sahen, dann sind sie einfach rein und haben gegriffen, was sie kriegen konnten, und sind wieder raus und haben gefuttert, und sie haben billige Drogen gekauft, aber dabei, sagte Kippe, hat er nicht mitgemacht … *»Typisch!«* … »Halt die Klappe, Danielle. Das bringt doch nichts!« … Und gestohlen hat er auch nie …

Ich konnte mir gut vorstellen, wie er mit diesen Idioten mitgelatscht ist und über ihre blöden Witze gelacht hat. Er wird in jedem Fall zu ihnen gehalten haben, denn Kippe bleibt an einem kleben wie Hundescheiße im Profil der Schuhsohle.

Er sagte, es war Weihnachten und er hatte Hunger, und die anderen haben ihm gesagt, er soll draußen warten, während sie in einen Laden gingen. Er wusste nicht, dass einer von den Typen ein Messer hatte. Der Mann im Laden hatte eine Pistole, und er schoss einem der Jugendlichen ins Bein, und Kippe rannte weg und glaubte, jetzt wären die Bullen hinter ihm her … *»Typisch!«*

Und jetzt war er unser Problem!

Lieber Gott!
Warum muss Kippe ausgerechnet zu uns?
Er will zu Donna. Könnten dies nicht mal
schöne Ferien ohne Probleme sein?
Es heißt, du hättest für uns alle einen
Weg vorgezeichnet, aber muss Kippe unseren Weg
benutzen? Könnte er nicht seinen eigenen
Weg finden? Danielle wird ihn fertig machen.
Lieber Gott, bitte finde für Kippe einen
anderen Weg. Deine verzweifelte
Henni

»Ich will mit Donna reden«, sagte Kippe.

»Kannst du nicht«, sagte Danielle.

»Wo wohnst du?«

»Im Wald, auf der anderen Seite vom Fluss.«

»In einem Zelt?«

»Ich habe einen Schlafsack und eine Matte.«

»Und dein Essen klaust du von uns?«

»Kann man so sagen.«

»Hast du keine Angst?«

»Nö. Ich fühl mich sicher. Keiner klaut mir mein Zeug. Nachts pisst mich keiner an.«

Darüber dachten wir einen Moment lang nach.

»Was machst du den ganzen Tag?«, fragte Cass.

»Laufe rum. Gucke euch zu.«
»Ach ja? Auch beim Nacktbaden?«
Er grinste.
»Du bist pervers!«, sagte Danielle.
»Wie hast du uns gefunden?«, fragte Zev.
»Alle in der Stellastraße wussten, dass ihr hier in der Gegend zeltet. In der letzten Stadt habe ich in der Milchbar eine Frau gefragt, und sie hat mir gesagt, dass ihr da irgendwo von der Straße abgebogen seid. Hab ein paar Tage gebraucht, bis ich den Abzweig gefunden habe. Bin immer hin- und her getrampt. Ich will mit Donna reden.«
Wir brauchten Zeit zum Nachdenken.
»Jetzt nicht«, sagte ich.
»*Niemals*!«, sagte Danielle.
»Was kann Donna tun, Kippe?«, fragte Zev.
»Den Bullen sagen, dass ich nicht zu der Gang gehört habe und dass ich gar nichts gemacht habe.«
»Glaubst du, sie springt deswegen gleich ins Auto und fährt sofort nach Melbourne?«
»Sag's ihnen doch selber«, sagte Danielle.
»Die würden mir nicht glauben«, sagte Kippe.
Darauf konnte Danielle nichts erwidern, denn wir wussten aus eigener Erfahrung, dass das stimmte.
»Kippe, Donna kriegt ein *Baby.* Sie hat mit ihrer Arbeit Schluss gemacht. Also auch mit dir! Jetzt mach, dass du wegkommst! HAU AB!«, sagte Danielle.
Er war ein hoffnungsloser Fall, aber wild entschlossen. Ich versuchte, Zeit zu gewinnen.

»Hör mal«, sagte ich, »wenn du *versprichst*, auf deiner Seite des Flusses zu bleiben, besorgen wir dir was zu essen. Was Gutes. Was Gekochtes. Okay?«

»Wann kann ich mit Donna reden?«

»Darüber unterhalten wir uns später.«

Plötzlich schien er ganz zufrieden zu sein. Für ihn war das schon ein Fortschritt, nehme ich an.

»Kennst du die beiden großen Steine, die sich weiter unten am Fluss gegenüberliegen? Das sind die Sprechenden Felsen. Morgen früh nach dem Frühstück kommen wir da hin und werfen dir das Essen rüber.«

Im Nachhinein würde ich sagen, wir hätten einem Erwachsenen (nicht Donna) von Kippe erzählen sollen. Der hätte eine Lösung gefunden. Aber wir wollten unsere Ferien nur für uns. Donna und Rob wären wahrscheinlich mit ihm zurückgefahren. Oder Kippe wäre bei uns geblieben. Was wäre schlimmer gewesen?

Danielle kochte vor Zorn. »Du bist so was von *blöde*, Hen! Wenn wir ihm *helfen*, dann *bleibt* er!«, knurrte sie. »Du denkst, du hättest immer Recht, Miss Wohl-Erzogen-Super-Gut! Ich werde dafür sorgen, dass er verschwindet! Soll er sich doch selber um seinen Kram kümmern!«

Dann sah ich, wie Cass Danielle zulächelte. Das tat mir richtig weh.

»*Hör auf*!«, mischte sich Zev ein. »Hen hat Recht – irgendwas mussten wir tun!«

Also übernahmen wir – nach dem ersten Streit in unseren

Ferien – das Problem Kippe. Wir klauten Essen und warfen es in einem Eiskrembehälter über den Fluss. Ich hatte – genau wie die anderen auch – insgeheim gehofft, das Leben im Wald wäre zu hart für Kippe und er würde wieder in die Stadt verschwinden. Aber gleichzeitig begann ich da schon, ohne es zu merken, ihn dafür zu bewundern, wie er sich durchschlug.

»Kippe«, rief ich, »wenn du abhaust, dann leg einen Stein auf deinen Sprechenden Felsen. Das ist das Zeichen, dass du weg bist und wir uns keine Sorgen machen müssen.«

»Du spinnst wohl!«, sagte Danielle.

»Ihr Kinder esst wie die Scheunendrescher«, sagte Sue. »Das muss an der frischen Luft liegen.«

»Wahrscheinlich sind sie gerade in einer Wachstumsperiode«, sagte Tibor.

Wir alle ließen uns große Portionen geben und reichten, wenn keiner guckte, heimlich den Eiskrembehälter herum. Jeder musste was für Kippe reintun.

»Ich hab sooooo ’n Hunger«, sagte Danielle und nahm sich drei fette Würstchen.

»Was bist du für ein kleiner Fresssack!«, sagte Papa.

Danielle war wirklich gierig und wollte alles selber essen. Sie gab den Behälter einfach weiter. Ich stieß sie in die Rippen, was bedeutete, wir *alle* hätten Essen reinzutun.

Habt ihr jemals versucht, Spaghetti von eurem Teller in einen Eiskrembehälter auf eurem Schoß zu schaufeln, ohne dass es jemand merkt?

13 Jede Menge Flüche

Mama ist ein stiller Mensch – nicht schüchtern, eher nachdenklich und beobachtend. Wenn Papa noch umständlich plant, geht sie manchmal einfach los und macht es. Sie wird sehr, sehr selten böse, aber als Danielle ihren Sonnenhut nicht finden konnte, brannten bei Mama die Sicherungen durch.
»*Ohne Sonnenhut gehst du keinen Schritt*!«
Also ließen wir Danielle im Zirkuszelt zurück, wo sie sich durch unser ganzes Zeug wühlen musste.
Wir trödelten hinter den Erwachsenen her, redeten darüber, dass Kippe an diesem Morgen etwas glücklicher ausgesehen hatte, und warteten noch, dass Danielle uns einholen würde, als sie plötzlich hinter uns hergetobt kam, hastig stolpernd und völlig aufgeregt.
»Wartet! Wartet doch …« Sie war so außer Atem, dass sie kaum reden konnte. »Ich war im Zelt … da hab ich ein Auto gehört … ich dachte, es wäre die Polizei, die … nach Kippe sucht, und ich hatte Angst und hab mich an meinem Geheimplatz versteckt. Und das Auto, das kam immer näher … dann ging der Motor aus und Türen klappten … und da war ein Mann, der war total wütend über die Zelte!«, sagte Danielle mit weit aufgerissenen Augen. »Er fluchte und fluchte wie verrückt.«

»Warum?«
»Wegen der Stelle, an der wir zelten. Ich glaube, wir haben irgendwie seine Pläne durchkreuzt. Er hat nicht gesagt: ›Das ist mein Grundstück.‹ Er sagte so was wie: ›Diese Stelle kennt *niemand*! Niemand kommt hierher! Wie haben die den Platz gefunden?‹ Das klang so, als wären wir das größte Unglück seit dem Zweiten Weltkrieg. Und da war noch so ein Duckmäuser, der hat immer gekuscht vor dem, der sauer war, vor dem Boss, und dann war da noch ein Dritter, der hat fast gar nichts gesagt. Ich glaube, der war jünger.«
»Boah! Und was ist dann passiert?«
»Sie liefen rum und sagten: ›Mann, sieht das hier aus und guckt euch doch mal den Scheißmistkram aus der Stadt an.‹ Und Sachen wie: ›Mein Gott, die haben aber auch alles dabei!‹ Der Typ war so was von wütend! Und: ›Solange die hier sind, können wir gar nichts machen.‹ Dann sagte er: ›Wimmer wuchs‹ oder so was Ähnliches. Doch, daran erinnere ich mich genau. ›Wimmer wuchs‹ – ganz sicher. Und dann hat er noch gesagt: ›Thommos Bulldozer‹.«
»Und du bist sicher, dass es nicht die Bullen waren?«
»Total.«
»Als er in unser Zelt rein ist, sagte er: ›Sogar einen Scheißteppich haben die mit.‹ Dann sind sie gegangen, und als sie weit genug weg waren, habe ich rausgeguckt und gesehen, wie sie unten am Fluss zwischen den Bäumen durchgegangen sind.«
»Bist du hinterher?«
»Nein, ich bin sofort zu euch, um es euch zu erzählen.«

»Psst!«, sagte Zev und stellte die Ohren auf. »Leise!«
Ganz schwach, über unser Schweigen und das Vogelgezwitscher hinweg, war unmissverständlich das Hacken einer Axt zu vernehmen!
Dann hörte es auf …
»Das war …«
»Psst!« Wir erstarrten und lauschten. Nichts, nur die Vögel und der Wind in den Bäumen.
»Die hauen irgendwas um!«, flüsterte Frank.
»Ein ganzer Baum kann das nicht gewesen sein«, sagte Cass.
»Kommt, wir gehen zurück!«
»Die Eltern werden inzwischen schon ganz schön weit voraus sein«, sagte Zev. »Ich werde ihnen sagen, dass wir zurück zu Danielle gegangen sind. Soll ich das mit den Männern erzählen?«
»Ja«, sagte ich.
Danielle musste natürlich widersprechen. Sie glotzte mich an und schnauzte: »*NEIN!* Noch nicht.« Offenbar war das ihre Show. Ich hielt den Mund.
Zev raste los, während wir wie eine Herde Elefanten zurückpolterten. Gerade, als wir nah genug waren, um zu schleichen, hörten wir das Auto wegfahren.
»Mistsocken!«, sagte Cass.
Zev kam keuchend angerannt, als hätte er gerade einen Marathon hinter sich. »Habt ihr sie gesehen?«
»Um ein Haar verpasst haben wir sie! Die Schnüffelschnauzen!«, sagte Cass.

14 Wo die Geister wohnen

Wir suchten uns einen Weg am Flussufer entlang und hielten überall Ausschau nach etwas, das Kerben hatte. Normalerweise sind wir dabei ziemlich gut, das Problem war nur, dass wir nicht genau wussten, was wir eigentlich suchten.

»Drei Männer. Da sollte man meinen, man könnte leicht sehen, wo die langgegangen sind«, sagte Zev.

»*Geklungen* haben sie sehr groß«, sagte Danielle.

Wir suchten nach zerbrochenen Zweigen und Fußabdrücken. Zev war vorneweg. »Ihhhh! Ich glaube, das ist der falsche Weg.«

»Warum?«

»Ich bin gerade in ein Spinnennetz gelatscht! Urrgs! Voll ins Gesicht!«

Wir kamen an einen Bach, der in den Fluss mündete. Er war nicht tief, aber es gab keine Steine, auf die man treten konnte.

»Ich geh auf die andere Seite gucken.« Zev zog seine Schuhe aus und watete hinüber. »Ich kann nichts entdecken. Das Wasser ist eisekalt.«

»Hier konnten sie den Fluss nicht überqueren. Entweder sind sie über den Bach rüber oder an ihm entlanggegangen.«

»He! Hier oben!«, schrie Cass. »Ein Fußabdruck … glaube ich.«
Also liefen wir weiter den kleinen Bach entlang. Mit jedem Schritt wurde der Farn dichter und der Boden schlüpfriger. Ein Glück, dass Brikett bei den Erwachsenen war. Wir hätten sie tragen müssen.
Die Bäume hier sahen anders aus – sie hatten hochgewachsene Stämme und die Zweige setzten sehr weit oben an. Der Boden war weich und nachgiebig, an jedem Stein und an jedem Baumstumpf gab es Moos. Die Pflanzen wucherten durcheinander. Es war kühl, dunkel und feucht, ganz anders als in dem trockenen Wald ringsum. Die Stelle hier schien sehr, sehr alt zu sein.
»Bestimmt wohnen hier Geister«, sagte Zev.
Über uns wucherten Farne wie riesige Staubwedel an hohen, haarigen Stämmen.
»Hier runter kommt nie Sonne.«
»Das ist ein Regenwald«, sagte ich.
»Es regnet gar nicht«, sagte Frank.
»Urwüchsiger, uralter Regenwald.«
»Und wenn sich jetzt ein Dinosaurier zu uns runterbeugt?«, meinte Danielle.
»Ist das nicht toll?«
Wir krabbelten über umgestürzte Baumstämme und schoben uns durch die Riesenfarne.
»Es ist so schön, so grün.«
»Donna würde das bestimmt gut gefallen!«, sagte Danielle.
»Das kannst du laut sagen«, sagte ich.

»Donna würde das bestimmt gut gefallen!«, schrie Danielle. Wir waren schon fast wieder Freundinnen.

Zev war irgendwo vor uns. »Junge, ist das nass hier, was? Voll die Suppe. Ups! Hab fast meinen Schuh verloren. Ich glaub, hier komme ich nicht weiter.«

»Guckt euch mal *den* Baum an!«, sagte Cass. »Der ist ja *gigantisch*! Das ist der größte Baum, den ich in meinem ganzen langen Leben gesehen habe!«

»Vielleicht sind wir die allerersten Menschen, die hierher gekommen sind«, sagte Frank.

»Was ist mit den Aborigines?«

»Was ist mit den Männern?«, fragte Cass.

Wir hatten ganz vergessen, dass wir etwas suchten.

»He, ich hab's gefunden!«, schrie Zev hinter einem Baum hervor.

Wir rannten zu ihm. Und dort, ungefähr in Hüfthöhe, war eine Kerbe in den mächtigen Stamm gehackt worden.

»O nein!«

»Das sieht so *falsch* aus. So *bescheuert*!«, sagte Danielle.

Wir betrachteten die frische Wunde – ein schreckliches Mal, das Menschen in diesem uralten Stück Wald hinterlassen hatten.

»Warum haben die das gemacht?«

»Um eine Probe zu entnehmen? Um einen Test zu machen? Zu sehen, ob der Baum eine Krankheit hat?«
»Um rauszufinden, was für eine Art Baum das ist?«
»Nein, das kann man doch an den Blättern und an der Rinde und an solchen Sachen erkennen.«
»Um was über das Innere zu erfahren.«
»Das muss eine ganz schön scharfe Axt gewesen sein«, sagte Zev. »Guckt doch mal, wie sauber die Ränder sind.«
»Ein wissenschaftliches Experiment?«
»Auf keinen Fall«, sagte Danielle. »Das waren keine Wissenschaftler.«
Wir setzten uns auf einen umgefallenen Stamm gegenüber der Wunde.
»Meint ihr, sie wollen den Baum fällen?«
»Nein. Das können sie doch nicht ... oder?«
»Ach ja?«, sagte Cass.
»Mama würde das nicht gefallen!«, sagte Frank.
»Da kannst du deine Gummistiefel drauf verwetten, dass ihr das nicht gefallen würde!«, sagte Danielle.

Auf dem Weg zurück ins Camp wollten wir weiter darüber reden, aber das ist nicht so einfach, wenn man sich im Gänsemarsch durchs Unterholz wühlt. Also beschlossen wir, die Sache im Zirkuszelt bei einem Löffelspiel zu besprechen. Eine Tube süßer Kondensmilch sollte uns zum Gedankenschmieren dienen.
Aus dem Spiel wurde aber nichts, weil man beim Löffelspiel nicht reden kann und beide Hände braucht, die man aber

nicht hat, wenn man sich süße Kondensmilch von den Fingern leckt.

Wir waren reichlich bedrückt. Erst Kippe – was schon schlimm genug war – und jetzt diese bescheuerten Männer! Wir mochten nicht glauben, dass sich irgendjemand an dieser Schlucht vergreifen könnte. Außerdem – wie wollten sie denn die Bäume rausschaffen?

»Verflixt«, sagte Danielle. »Ich spring erst mal ins Wasser!«

»Warte mal!«, sagte Zev. »Was sollen wir den Alten erzählen?«

»Was du willst!«, rief sie zurück.

Ich schaute zu, wie Danielle mit dem Seil immer weiter hinausschwang, bis sie sich schließlich ins Wasser fallen ließ.

Lieber Gott!

Ein Wort zu Danielle. Sie sagt, ich bin rücksichtslos und bestimme immer, aber sie selber ist WAGHALSIG! Wenn es Krieg gäbe, würde man sie für die gefährlichen Einsätze nehmen und sie würde mutig sein und ganz schnell sterben.

Und noch was – Bäume. Bäume sind so hilflos. Sie können nicht wegrennen und sich verstecken. Sie sind einfach an einem Platz verwurzelt. Der große Baum wuchs dort wahrscheinlich schon, ehe Kapitän Cook nach Australien kam! Und nach all den Jahren kann er einfach abgehauen werden. Bitte mach, dass dem großen Baum nichts passiert!

Deine von Schwestern und Bäumen schwer gestresste

Henni

Am Abend lagen wir im Zirkuszelt. Tibor hatte uns die Geschichte vom Bären erzählt, den er einst in freier Wildbahn gesehen hatte, und die Mamas und Papas hatten uns Kusshände zugeworfen (weil es zu gefährlich gewesen wäre, über all die Körper zu steigen, um die Küsse auf die übliche Art abzuliefern) und dann waren alle Erwachsenen zurück ans Feuer gegangen. Wir kuschelten uns in unsere Schlafsäcke, und weil wir uns wieder vertrugen, waren wir fröhlich und aufgekratzt.

Ich erinnere mich, wie Zev erzählte, dass manche Leute ihren eigenen Urin trinken, und wir überlegten, ob wir unseren trinken würden, wenn wir zu verdursten drohten.

Und Cass erzählte von der Schleifen-Fabrik. Ihr kennt doch die kleinen Schleifen auf der Mädchen-Unterwäsche? Jedenfalls hat Cass von Schleifenmaschinen erzählt, die in einer riesigen Schleifenfabrik standen, von der aus jeden Tag Lastwagen voller Schleifen zur Unterwäschefabrik gefahren sind.

»Wimmer wuchs, Wummer wichs, Wommer wachs«, sagte Cass, um sich an den Klang zu gewöhnen. »Wimmer wuchs. Klingt komisch. Geht mir gar nicht aus dem Kopf.«

»Könnte der Name von einem Kind sein«, sagte Frank. »Weil es immer so wimmert? Na, und Kinder wachsen eben.«

»Ich finde, das könnte der Spitzname von einem Fußballer sein«, sagte Cass. »Einer, der riesengroß gewachsen ist und hinten alles so dicht macht, dass alle nur noch wimmern, wenn sie in seine Nähe kommen.«

»Ein Wimmer ist eine Schwiele, eine kleine Warze«, sagte ich. »Hab ich mal irgendwo gelesen.«
»Nein, ich glaube, Wimmer ist eine Art Heuschrecke«, sagte Frank. »Die wimmert immer, wenn sie die Flügel reibt.«
»Ein Schimpfwort!«, sagte Cass. »Ihr wisst schon. Verwimmer dich bloß, Wimmerwichser!«
»Fluchen tun die Männer bestimmt!«, sagte Danielle. »Aber bestimmt nicht so harmlos.«
»Ich frage morgen Papa.«
Aber wir vergaßen es.

15 Schnabeltier

Wenn mehr Kinder da sind, dann hat das den Vorteil, dass man nicht die ganze Zeit mit ein und derselben Schwester zusammenglucken muss. Manchmal waren die »Großen« – Zev und ich – und die »Kleinen« – Cass, Dan und Frank – zusammen. Manchmal ging Frank eine Weile mit Rob und Donna mit. Manchmal waren wir Mädchen zusammen. Es gab viele Möglichkeiten. Manchmal stromerte Zev alleine herum.

Aber ich komme vom Thema ab. Beim Frühstück fragten wir, wem eigentlich die Bäume hier gehören.

»Wem immer das Land dort gehört, dem gehören auch die Bäume darauf«, sagte Papa und zeigte hinüber zum baumbestandenen Ufer der anderen Flussseite. »Und der kann mit den Bäumen machen, was er will.«

»Nein, ich glaube, heutzutage muss man eine Erlaubnis haben, wenn man im Wald Bäume fällen will«, sagte Rob.

»Na, wer weiß schon, was hier mitten in der Wildnis passiert«, sagte Papa.

»Ich vermute, dass die Forstämter ganz gut Bescheid wissen«, sagte Rob.

Beide stritten ein wenig. Sie waren nicht die Einzigen.

Danielle war wieder eine Landplage, war zu groß für ihre

eigenen Schuhe oder wie der Spruch geht. Erst machte sie mein Gähnen nach, dann wollte sie, dass ich ihre Taucherbrille reparierte.

»Das kannst du selber machen!«, pfiff ich sie an.

»Was ist los mit dir, du dürres Gehopse?«

»Ich bin nicht dürr!«

Donna rief mich: »Komm, Hen. Gehen wir spazieren und schütteln wir die lästigen Insekten ab. Hol deine Schuhe!«

»Können wir auch mit?«

»Nein, schwirrt ab.«

Erst zeigte ich Donna die Überreste des alten Hauses, wo Cass den kleinen Porzellanfuß gefunden hatte. Das Gehen fiel Donna nicht schwer. Der Weg war in Ordnung und wir hatten es nicht eilig. Wir hielten an und machten eine Pause.

»Lass dir von denen nichts gefallen, Hen. Du wirst langsam älter und bist ein bisschen empfindlich. Und die anderen sind es einfach gewöhnt, dass du alles leicht nimmst.« Donna lehnte sich an einen Baumstamm. »Jetzt sind wir schon so viele Tage an diesem Ort. Ich staune, wie gut ihr Kinder miteinander auskommt.«

Donna ist echt nett. Plötzlich wollte ich ihr unsere Schlucht zeigen, als eine Art Geschenk. Ich wusste, dass es für sie etwas ganz Besonderes sein würde.

»Meinst du, du könntest noch ein bisschen weiter gehen, Donna? Es gibt da eine Stelle, die ich dir total gerne zeigen würde.«

»Kein Problem, solange wir langsam gehen.« Donna sprach

inzwischen nur noch in der Mehrzahl, wenn sie sich selbst meinte.

Also führte ich sie am Flussufer entlang bis zu dem Bach. Ich war froh, dass die anderen uns nicht losgehen sahen. (Sie werden am Pool gewesen sein.) Sie hätten auch mitkommen wollen. Ich wusste, dass sie mir böse sein würden, weil ich Donna alleine die Schlucht zeigte, aber das war mir egal.

Der Weg kam mir viel steiler, der Wald noch dichter vor, wahrscheinlich, weil ich mit Donna zusammen war und die ganze Zeit an Baby Wassermelone denken musste. Ich hielt Zweige fest, so dass sie Donna nicht ins Gesicht schnellten, und ich reichte ihr die Hand, wenn es besonders steil wurde.

»Puh!«, sagte Donna. »Noch weit?«

»Nicht mehr weit.«

Ich lachte. »Normalerweise fragen *wir*: ›Noch weit?‹, und du sagst: ›Nicht mehr weit!‹«

Donna hockte sich auf einen Stein und betrachtete den Wald. »Die Vegetation verändert sich. Das ist wirklich interessant.«

Klare, laute Vogelstimmen hallten durch die Schlucht. Eine Drossel, ein Peitschenvogel, ein Lachvogel und eine Elster.

Wir stiegen weiter aufwärts, bis wir in die gesprenkelte Düsternis traten, die sich über den weichen Waldboden unter den fedrigen Farnen breitete. Donna rief immerzu: »Oh, du liebe Güte!«, »Guck doch mal da!« oder einfach nur: »Oohh!« Als wir auf dem umgestürzten Baumstamm saßen, sagte sie voller Ehrfurcht: »Ein Regenwald! Moschuskraut und einheimische Haselsträucher! Das da sind Schwarzholzakazien. Guck doch mal, wie riesig die große da ist! Die Bäume sind zweihundert, vielleicht sogar dreihundert Jahre alt! Was für ein kostbarer urwüchsiger Flecken! O Hen, das ist zauberhaft!«

Donna war entzückt. Die Augen – nun, normalerweise würde ich das nicht sagen, weil es blöd und buchmäßig klingt, aber es stimmt – die Augen gingen ihr über. Sie atmete langsam und tief, als würde sie den Wald atmen und ihrem Baby diesen Platz schenken. Seite an Seite saßen wir dort in dem kühlen Grün, sprachen nicht, sondern guckten, lauschten, atmeten.

»Ich würde gerne wissen, warum hier Regenwald ist«, brach Donna das Schweigen. »Irgendwo muss das Wasser herkommen.«

»Ein Stück weiter ist es richtig sumpfig.« Ich zeigte ihr, wo es Zev beinahe den Schuh ausgezogen hätte.

»Vielleicht gibt es an der Seite des Hügels eine Quelle und das Wasser sickert in die Schlucht hinunter.«

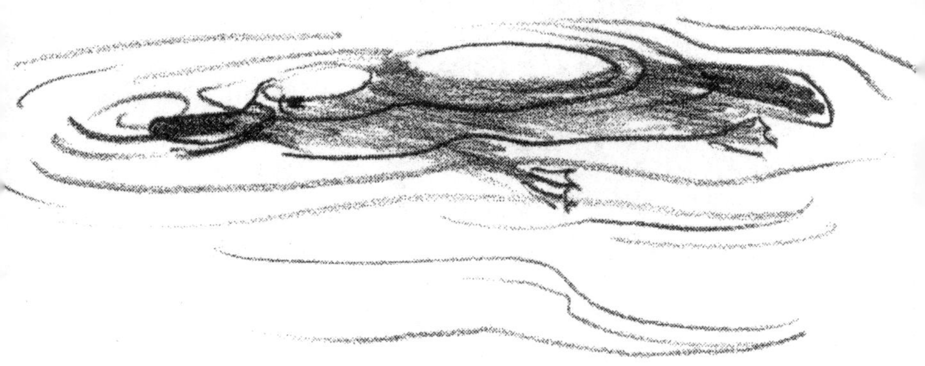

Auf dem Rückweg rasteten wir am Bach. Donna berührte mich am Arm und zeigte wortlos auf eine Welle im klaren Wasser. Es war ein Schnabeltier! Es glitt durchs Wasser und drehte den Kopf nach allen Seiten, auf der Suche nach Futter. Schwimmen tat es mit den vorderen Entenfüßen. Bestimmt fünf Minuten lang schauten wir dem Tier zu. Dann war es plötzlich nicht mehr da.
Schnabeltiere kennt jeder, aber in der freien Natur bekommt man sie sehr selten zu sehen. Wirklich SELTEN! Die anderen im Camp wurden grün vor Neid.
»He, hört euch mal das an«, sagte Papa, der aus *Welches Tier*

ist das? vorlas. »Als die ersten Exemplare der Schnabeltiere im Britischen Museum ankamen, glaubte man, diese außergewöhnliche Kreatur wäre eine Manipulation.«

Frank hatte seine Lippen schon in der Was?-Position, aber Rob war schneller.

»Eine Manipulation ist ein Trick, um Leute in die Irre zu führen.«

Donna war voller Begeisterung über die Schlucht. »Ich würde das folgendermaßen beschreiben«, sagte sie in ihrer Pflanzenbuchstimme: »Eine kostbare Nische Regenwald mit einem unversehrten Bestand an Schwarzholzakazien, von denen einige Exemplare riesig und bestimmt schon hunderte von Jahren alt sind. Eine Laune der Natur. Eine Augenweide botanischer Vielfalt. Eine glückliche Fügung.«

16 Auf zum alten Jim

Wir buddelten im Lehm am Rande der Badebucht, was sich gut macht, wenn man nachdenken muss. Zev formte etwas, ich zeichnete Muster, Frank rührte eine schlammige Mischung zusammen, Danielle wickelte ein Spinnennetz auf einen kleinen Stock und machte eine Art Wattestäbchen daraus, Cass fädelte tote Weihnachtskäfer zu einer Kette auf und dabei unterhielten wir uns über die Schlucht.

Ich hatte Recht gehabt. Die anderen waren wütend, weil ich Donna ohne sie dorthin geführt hatte. Danielle, die sich für ihre Gemeinheit am Morgen entschuldigt hatte, nahm ihre Entschuldigung wieder zurück.

Sie konnten nicht verstehen, dass es mit uns allen für Donna anders – weniger persönlich – gewesen wäre. Nein, Zev hat es verstanden.

Jedenfalls musste ich für meine Sünde mit meinem kostbaren letzten Päckchen Chupa Chups büßen.

»Ich habe ein ganz brutales Gefühl wegen dieser Männer«, sagte Danielle.

»Geht mir auch so!«, sagte Cass.

»Was meint ihr, wem die Schlucht gehört?«, fragte Zev.

»Wem was gehört! Gehört, gestört, verhört!«, sagte Danielle. »Was das immer für ein Zirkus ist, wem was gehört!«

Es war wirklich merkwürdig, darüber zu reden, dass die Schlucht irgendjemandem *gehören* sollte. Als ob sie jemandem gehören könnte! Das klang total falsch. Zum Beispiel, kann jemandem ein Regenbogen *gehören*? Kann jemandem ein Wasserfall *gehören*?

»Der alte Jim weiß das bestimmt«, sagte Zev.

»Vielleicht gehört die Schlucht ihm?«

»Vielleicht sollten wir ihn fragen?«, meinte Cass.

»Ja! Gehen wir sein Haus suchen.«

»Ich finde, wir sollten nicht *alle* gehen«, sagte ich.

Aber niemand wollte dableiben. Was für eine Überraschung!

Wir brachten das Essen zu den Sprechenden Felsen und warfen es Kippe zu.

»Wir sind wie Zoowärter«, sagte Danielle hinter vorgehaltener Hand. Die Situation war uns allen ein bisschen unangenehm.

»Heute bestimmt nicht«, sagten wir entschieden, als Kippe verlangte, Donna zu sprechen.

Kippe schien das nichts auszumachen. »Dann eben morgen.«

»Weißt du etwas von einem alten Mann, der hier irgendwo in der Gegend wohnt?«, fragte Cass.

»Da oben«, sagte Kippe und zeigte mit dem Arm hoch auf den Kamm. »Ich hab ihn gesehen.«

»Auf deiner Seite vom Fluss?«

»Ja, aber ums Tal rum.«

»Sehr weit?«

»Ziemlich. Den Berg hoch. Ganz oben.« Er deutete auf einen Gipfel.
»Danke.«
»Bis morgen.«
»Bis morgen.«

»Achtung! Jetzt kommen die Verhaltensregeln!«, flüsterte Cass, als wir uns den Eltern und Mr. Nic näherten, die zusammensaßen und wie verrückt über irgendetwas lachten. (Entweder über eine Schweinerei oder über uns, denn sobald wir bei ihnen waren, verstummten sie.)
»Wir wollen einen Ausflug machen«, verkündete Danielle.
Aber ja! Wir bekamen jede Menge Verhaltensregeln.
»Zieht dicke Socken und Schuhe an.«
»Nehmt einen Stock.«
»Packt Wasser und Obst ein.«
»Macht ordentlich Krach, damit ihr die Schlangen verscheucht.«
Tibor lachte: »Das müssen wir ihnen nicht extra sagen!«
»Bleibt immer zusammen und vergesst nicht, wo ihr euch befindet.«
»Seid nicht später als sechs zurück, okay?«
Sue legte ihr Buch zur Seite und warf uns über ihre Brille einen misstrauischen Blick zu. »Was habt ihr vor, Kinder? Bis vor einem Tag oder so wart ihr voll und ganz damit zufrieden, euch am Fluss herumzutreiben. Und jetzt wollt ihr plötzlich sonst wo hin.«
»Wir wollen den Präsidenten kidnappen!«, sagte Danielle.

»Es gibt so viel zu erkunden«, sagte Zev, wobei er so verdächtig klang wie einer aus *Fünf Freunde*.

Wer groß ist, kriegt Verantwortung aufgebürdet. Wenn ich auf der Straße bin und Leute für irgendeine Wohltätigkeit sammeln, dann halten sie die Dose immer mir unter die Nase, weil ich herausrage wie ein Leuchtturm. Erwachsene stellen immer *mir* die Fragen. Also wurde ich, auch wenn ich es nicht wollte und Zev einen Monat und einen Tag älter ist als ich, zur Leiterin unserer Expedition – wie üblich.

Erst habe ich mir Sorgen gemacht, dass wir uns verlaufen könnten, und dann darüber, dass wir alle sechs auf einmal beim alten Jim aufkreuzen würden. Könnt ihr euch vorstellen, einen Einsiedler in der Wildnis zu besuchen, und zwar zusammen mit Danielle und Cass, die die ganze Zeit mit den Füßen in der Luft hampeln, mit Zev, der wie eine merkwürdig behaarte Grinse-Katze grinst, mit Frank, der auf seine liebe Art durchs Leben geht, und dann noch mit einer verrückten Wurst von Hund, die einem vielleicht einen stinkenden Huf in den Schoß fallen lässt? Nicht gerade die ideale Begleitung für eine heikle diplomatische Detektivarbeit. Leute, die es vorziehen, alleine im Wald zu leben, wollen keine fünf Kinder zu Besuch haben. Wahrscheinlich bekam der alte Jim Kinder nur zu Gesicht, wenn er einmal im Monat in die Stadt fuhr. Und fünf Kinder sind ein Haufen Kinder – für einen Eremiten.

»Wir gehen zur Furt. Könnt ihr Brikett dabehalten?«, rief ich mit meiner allernormalsten, natürlichsten Stimme.

Wir überquerten dann auch die Furt und folgten anschließend dem Forstweg, bis wir etwas fanden, das wie ein Pfad aussah. Wir kämpften uns eine ganze Weile voran, es ging immer bergauf.

Durch die Bäume konnten wir hinunter auf unseren Platz gucken. Die drei kleineren Zelte sahen aus wie helle Motten auf dem Boden. In dem eintönigen Wald sah unser menschengemachtes Zeug so bunt aus.

»Ich hab das Gefühl, dass das hier überhaupt kein Weg mehr ist«, sagte Cass.

»Ihr seid falsch gegangen!«, schrie Frank, der etwas zurückhing.

»Sehr gut, Frank!«

Als Jüngster war Frank dem Boden näher als wir anderen. Also folgten wir seinem Pfad, der vom Zeltplatz wegführte.

Nach einem langen Anstieg rief Zev, der vorne war, plötzlich: »He! Ein Hund! Und ich glaube, das ist der vom alten Jim.«

»Hierher, guter Hund! Hierher!«

Der Hund knurrte ganz leise.

Dann bewegte er seinen Schwanz etwa einen Millimeter hin und her, und mit einem Kopfschütteln, als wollte er sagen: »Warum nicht?«, hoppelte er irgendwie seitwärts auf uns zu und wedelte so mit dem Schwanz, dass sein ganzer Rumpf mitwedelte.

»Ich glaube, er ist jetzt unser Freund«, sagte Frank, als der Hund ihn beinahe umrannte.

»Okay, geh nach Hause! Guter Hund! Bring uns zu dir nach Hause.«

Aber der Hund grinste uns an, als wollte er sagen: »Was jetzt? Noch mehr Streicheln?«

»Beachtet ihn nicht, dann wird er schon nach Hause gehen«, sagte Cass.

Also verharrten wir reglos. Der Hund konnte nicht verstehen, was mit seinen neuen Freunden geschehen war. Er leckte uns und hüpfte um uns herum und bellte. Schließlich gab er auf und trottete davon. Ein Stück weiter stieß unser unebener Pfad auf einen richtigen Weg.

Zehn Minuten später betraten wir eine Lichtung auf dem Kamm, und da stand, mit einer wunderbaren Aussicht ins

Flusstal, die Hütte vom alten Jim. Es war kein Zweifel möglich, denn auf der Veranda saß der alte Jim.

Er guckte uns mit starrer Miene an, als wären wir Marsmenschen.

Mir rutschte das Herz in die Hose.

17 Fünf Kinder und ein Einsiedler

Also, da waren dieser einsilbige alte Mann und wir fünf Kinder. Verlegen standen wir vor ihm und er schaute wie ein Richter von seiner Veranda auf uns herab.

»Was wollt ihr?«

Ich dachte, wenn wir es jetzt mit ihm verderben oder wenn es ihm auf einmal Leid tut, dass er Miriam von der Stelle am Fluss erzählt hat, dann sind unsere ganzen Ferien im Eimer.

Frank sagte: »Was für eine Rasse ist Ihr Hund?«

»Ein Bissel.«

»Was ist ein Bissel?«

»Ein bissel dies, ein bissel das. Hütehund. Kelpie.«

»Wie heißt er?«

»Es gibt Leute, die wollen wissen, was ich gefrühstückt hab«, sagte der alte Jim, ohne auf die Frage einzugehen, und guckte über uns hinweg.

»Was haben Sie denn gefrühstückt?«, fragte Frank.

Mein Herz rutschte noch weiter in die Hose.

»Was wollt ihr?«, fragte der alte Mann wieder.

»Psst!«, zischte ich Frank zu, dann räusperte ich mich und sagte in meiner Verantwortliche-junge-Damen-Stimme: »Wir wollten fragen, was Wimmer wuchs heißt.«

»Was?«, fragte der alte Jim.

»Wimmer wuchs.«

Ich überlegte: Er mag Bücher, er hat Donna und Miriams Mutter gerne gehabt. (Bitte, alter Jim, du hast doch so ein schönes Walnusslächeln!)

»Ich weiß nicht, was ihr mit Wimmer *wuchs* meint.«

Keiner von uns wusste was zu sagen.

»Sollen das zwei Wörter sein oder eins?«

»Wenn wir das wüssten!«, sagte ich neugierig.

»Wimmerwuchs is 'n Muster im Holz, Wellen in der Maserung. Schön genug für die Rückseite einer Geige.«

»Haben Sie schon mal eine Geige mit einem Wimmerwuchsrücken gesehen?«, fragte Cass.

»Bei meiner Seele«, sagte der alte Jim. »Und auch schon gehört.«

Langsam taute er auf. (Bitte, alter Jim, schenk uns ein Lächeln!)

»Wie kann man sehen, ob ein Baum Wimmerwuchs hat?«, fragte Zev.

»Wenn man 'ne Kerbe reinschlägt, sieht man's anner Maserung.«

Ich fing Zevs Blick auf.

»Und wie kommt der Wimmerwuchs zustande?«, fragte Cass.

»Keine Ahnung. Gibt verschiedne Theorien.« Keine Frage, er taute auf. »Manche sag'n, 's wär in der DNA vom Baum.«

Es war irre, diese alte Waldgeiststimme über so was wie

DNA reden zu hören. Danielle und Frank streichelten den Hund, aber Cass, Zev und ich hörten gespannt zu. Wir standen immer noch unterhalb der Veranda und brüllten unsere Fragen nach oben.

»Vermute, 's wird durch Kompression verursacht. Zum Beispiel, wenn der Wind meistens aus'm Westen kommt«, dabei stand er auf, streckte seine Arme wie Zweige aus und beugte sich zur Seite, als wäre er ein Baum, der hauptsächlich Westwind ausgesetzt ist, »dann gibt's Wimmerwuchs auf der östlich'n Seite«, und er zeigte auf die Falten seiner Weste auf jener Seite seines Körpers. »Aber 's kann auch durch den ganzen Baum gehn.«

»Gibt es das nur in einer bestimmten Art Baum?«

»Nein, Wimmerwuchs gibt's in allen möglichen Arten von Bäumen. Was soll'n nu der ganze Zirkus mit dem Wimmerwuchs?«

Also fing ich an, ihm Danielles Geschichte von den Männern zu erzählen, die an unseren Zeltplatz gekommen waren. Er lehnte sich vor und reckte uns seine Ohren so entgegen, dass ich dachte, er fällt gleich die Treppe runter.

»Meine Güte, jetzt kommt doch mal 'n Stück näher«, sagte er. »Ich beiß nicht.«

Dann, ich weiß nicht, warum – vielleicht, weil es so aufregend war und weil es ihre Geschichte war, die sie aber nicht selber erzählte –, jedenfalls schlug Danielle plötzlich ein Rad.

»Macht sie das öfter?« Der alte Jim verzog sein Gesicht zu einem Lächeln.

»Ja!«

In dem Moment atmeten wir endlich aus, im übertragenen Sinne.

»Na, guck einer an! Also, wo hab'n diese Kerle den Baum angehackt?«, fragte er vergnügt.

Zev erzählte, wie wir den Spuren der Männer bis in die Schlucht gefolgt waren. Das Lächeln des alten Jim verschwand und er reckte sich.

»Ja, die Schlucht kenn ich«, sagte er. »Hatte gehofft, ihr würdet sie nich finden. Weiter.«

Zev erzählte ihm von der Kerbe in dem großen Baum.

»Donnerwetter! Die große Schwarzholzakazie, was?« Er rieb sich den Magen, als hätte er Schmerzen. Das Walnuss-Lächeln war verschwunden. Er fing an, laut zu denken.

»Jemand, der sich für so was Großes interessiert, der muss vom Sägewerk sein.«

»Wie bitte?«, fragte ich.

»Das is so: Bei uns wimmelt's nur so von Mattocks. Das Sägewerk is 'n Ding für sich. Gehört 'ner Frau aus Melbourne. Ihr Mann is gestorben. Jede Wette, dass sie nich weiß, was hier vorgeht. Mattock is der Chef vom Sägewerk, und der Mattock, der is brutal wie 'n Hackbeil.«

»Glauben Sie, dass der die Kerbe geschlagen hat, um zu sehen, ob da Wimmerwuchs ist?«, fragte Zev.

»Klar. Der wollt das gucken. Für den kann gar nichts groß genug sein.« Der alte Jim schüttelte langsam seinen Kopf. »Geld scheffelnder Mistköter. Glaub nicht, dass Mattock im Leben schon mal bemerkt hat, wie schön ein Baum is.«

»Wem gehört die Schlucht?«, fragte ich eifrig. Ich wusste, dass das die entscheidende Frage war, denn alles, was mit Eigentum zu tun hat, scheint die Leute nervös zu machen. Old Jim wirkte einen Augenblick lang wie abwesend, dann seufzte er und sagte: »Jemandem oben in Queensland.«

18 Die Hütte vom alten Jim

Auf der einen Seite von Jims Hütte standen Walnuss- und Apfelbäume und solche Pflaumenbäume, wie sie in der Nähe unseres Zeltplatzes wuchsen. Es gab auch einen Gemüsegarten, der mit hohem Maschendrahtzaun umgeben war, wo so ungenießbares Blätterzeugs wucherte wie Mangold und Rhabarber.

Der alte Jim sah meinen Blick dorthin. »Irgendwann hat man genug von Corned Beef und Kartoffeln«, sagte er. »Früher hatt ich mal 'ne kleine Jersey-Kuh. Hat wahnsinnig viel Milch gegeben, aber 's war zu viel Aufwand. Hühner hab ich auch gehabt. Nachts musst ich sie einsperren. Meister Reinecke hat sie trotzdem gekriegt.«

»Wer?«

»Der Fuchs.«

Es gab einen Hof mit einer Tränke für Pferde und Kühe. Das Wasser wurde von einer komischen kleinen Pumpe hochgepumpt, die dauernd boing ... boing ... boing machte.

»Hab immer noch neun Stück Vieh«, sagte der alte Jim.

In einem alten Schuppen, wo Angeln und Bergbaugeräte an der Wand lehnten, rostete ein ausgedienter Lieferwagen mit dem Nummernschild GOB 020 vor sich hin. Daneben lag ein hohler Baumstamm, über dessen eines Ende sich ein Fell spannte – die Hundehütte. Verbeulte Radkappen dienten als Fressnäpfe.

»Unser Hund hat einen alten Huf gefunden«, sagte Frank.

»Manchmal stromert Vieh ohne Brandzeichen im Wald rum. Wird eins von den Viechern sein, was dran glauben musste«, sagte der alte Jim.

Am Holzschuppen, neben dem Hackklotz und der Axt,

standen ein seltsames Radteil, das mit Lederriemen zu einem Getriebe verbunden war, und eine Sägebank. Ich wusste nicht, was das sein sollte, aber Zev schon. Er lachte und fragte: »Funktioniert das?«

»Bei meiner Seele!«, sagte der alte Jim. Dann gellte ein gewaltiger Pfiff durch seine alten Zähne und Jims Hund kam um die Ecke getobt. »Hopp!«, sagte der alte Jim. Der Hund hopste flink in das Laufrad und rannte wie ein Hamster auf der Stelle, so dass sich das Rad drehte. Im Rad lag ein Stück Teppich, damit es der Hund weich unter den Pfoten hatte.

Beide – der Hund und der alte Jim – freuten sich richtig, als wir lachten und klatschten.

»Er sägt Holz für mich«, sagte der alte Jim stolz. »Das hab ich aus einem Buch. Aus! Aus!«, sagte er zu dem Hund, der gar nicht aufhören wollte. Aber sobald der alte Jim den Deckel einer Tonne hochhob und in die Tonne hineinlangte, hopste der Hund aus dem Rad. »Bezahlen muss ich ihn. Hundekuchen. Da is er ganz scharf drauf.«

Die Hütte war aus Wellblech und dicken Brettern gebaut, die wie halbierte Bäume aussahen. Sie hatte zwei Fenster mit Glasscheiben, eine einfache Holztür, und drum herum stand altmodisches Gerät, Schaufeln, eine Hacke, Eimer, eine Gießkanne, eine Schubkarre, Sägen und Draht und eine Pfanne zum Goldschürfen.

»Nu, wie wär's? Wollt ihr 'n hübsches Stück Wimmerwuchs sehen?« Natürlich wollten wir das.

»Nu, denn kommt man rein.« Der alte Jim war sehr umgänglich geworden.

So was hatten wir noch nie gesehen. Stellt euch einen Raum vor, der noch nie sauber gemacht wurde, noch niemals. Die Dinge befanden sich genau da, wo sie vor zehn, vielleicht zwanzig Jahren hingestellt worden waren. Alles war mit Spinnweben überzogen und mit Staub bedeckt, aber man hatte eigentlich nicht das Gefühl, es wäre dreckig – abgesehen vom Schmutz ums Waschbecken, auf dem Tisch und auf dem Herd aus schwarzem Eisen, der in einen großen Kamin eingebaut war.

»Der Herd war vielleicht 'ne Last«, sagte der alte Jim.

»Wieso? Konnten Sie den nicht gebrauchen?«, fragte Danielle.

Er schaute sie an, als wäre sie ein Baby. »Wurde mit dem Lastpferd gebracht.«

Alles, was er besaß, sah altmodisch aus, aber es gab auch Überraschungen.

»Entschuldigen Sie«, sagte Zev. »Ist das ein Radio?«

»Selbstverständlich is das 'n Radio«, sagte der alte Jim. »Is mit der Post gekommen. Ziemlich neue Erfindung. In Afrika wer'n die benutzt. Man zieht sie auf. Sicher doch, zieh's nur auf.«

Er kramte in einem Regal, das aus Kisten gebaut war, dann fand er einen selbst gemachten Kasten und wischte mit dem Ärmel über den Deckel.

»Hier. Das is 'n hübsches Stück Wimmerwuchs.«

Das Holz des Deckels war wunderschön. Es sah aus wie welliges, goldenes Haar. Es sah so 3-D-mäßig aus, dass wir alle die Hände ausstreckten, um es zu fühlen, aber der Deckel war flach.

»Trick-Wuchs!«, sagte Cass.

Es gab so viel zu gucken in dieser dunklen Höhle: eine Ölhaut, schwere Stiefel, ein Gewehr, Kerzen, geheimnisvolle alte Krüge, Dosen und Flaschen, ein großer Beutel Zwiebeln, ein Bild der Niagara-Fälle, reihenweise Batterien und ein Kängurufell auf dem Boden neben Jims Schlafstatt. In einer Ecke waren raue Regalbretter angebracht. Da standen Jims Bücher.

»Wohnen Sie schon lange hier?«, fragte Frank.

Danielle warf ihm einen »Was-für-eine-dumme-Frage-Blick« zu.

»Bin mein Leben lang hier oben, hab Dingos gefangen, Dorn'gestrüpp ausgegraben, paar Zäune gebaut. In die Stadt geh ich nich oft. Muss zu viele Tore aufmachen, damit geht's schon mal los. Geh nur runter, wenn ich Proviant brauch. Da unten kann man sich ja nich mal selber denken hören! – Hier, bedient euch!« Er schraubte ein Glas auf und reichte es herum. Man musste das Glas gut festhalten, denn die fünfzig Jahre alten Zuckerbonbons waren alle zu einem Klumpen zusammengeklebt.

Er klopfte Frank auf die Schulter. »Der Hund heißt Holzer, mein Sohn.«

19 Der Dulugar

»Wer is'n der Junge?«, fragte der alte Jim plötzlich.
»Was für ein Junge?«, fragte Zev.
»Dieser menschliche Wombat, der hier irgendwo draußen schläft.«
Wir lachten, weil das eine wunderbare Beschreibung von Kippe war.
Wir erzählten ihm Kippes vertrackte Geschichte.
»Tja, scheint ja ganz gut zurechtzukommen. Neulich war er oben auf'm Kamm und hat mit 'n Waldarbeitern gesprochen. Als ich ihn zuerst gesehn hab, dacht ich, er wär 'n Dulugar.«
»Wie bitte?«, fragte Zev.
»Tja ... also, wie soll ich sag'n, ein Dulugar is so was wie ... ich weiß nich ... eine Art Geist.«
»Ein Geist?«, quiekte Frank.
»Nicht ganz. Wenn der alte Percy hier wär, der könnt's euch erklären.«
»Wer ist der alte Percy?«, fragte Cass.
Der alte Jim war der Meinung, dass immer alle wüssten, wovon er sprach, da wir ihm aber nicht folgen konnten, mussten wir raten oder fragen.
Bloß wussten wir nicht, wie wir ihn nennen sollten. Alter

Jim? Jim? Mr. Jim? Vielleicht war das unhöflich, also sagten wir lieber gar nichts.

»Der alte Percy Langbein. Der kannte diese Berge wie seine Westentasche. Und alles hatte ’n Namen, natürlich keinen englischen. Hab ’ne Menge gelernt vom alten Percy. Ich muss oft dran denken, wie viel Wissen übern Wald wir verloren haben, als der alte Percy verstorben is.«

»Warum hat er denn nicht Englisch gesprochen?«, fragte Cass.

»Er war ein Aborigine. Ein bissel Englisch konnt er schon.«

»Cool!«, sagte Cass.

»Wie sieht ein Dulugar denn aus?«, fragte Zev und brachte den alten Jim wieder zum Thema zurück, als stellte er im Radio einen Sender ein.

»Also, der alte Percy hat erzählt, die Dulugars sind total behaart, wenn ich mich richtig erinnere ...« Er klopfte seine Taschen ab, als suchte er etwas, und seine Augen wanderten durchs Zimmer. »... mit langen Armen und ohne richtigen Hals. Und sie sind stark. Schreckliche Wesen, meinte er.« Während Jim sprach, wanderten seine Augen immer noch suchend umher. »Ich könnt euch besser vom Dulugar erzählen, wenn ich meine Pfeife hätt. Seht ihr sie irgendwo?«

Wir nahmen die Jagd auf.

»Es heißt, der Dulugar spürt, wenn Frauen da sind. Die mag er nämlich.«

»Hier ist sie!« Frank hatte die Pfeife hinter einer Büchse Mehl gefunden.

»Gut, der Mann.«
Der alte Jim setzte sich in seinem Stuhl zurecht und klopfte die Asche aus der Pfeife in eine kleine Schublade, die aus dem Herd herausguckte. Dann kratzte er mit einem Nagel den Pfeifenkopf aus und holte noch mehr Asche heraus.
»In dieser Jahreszeit muss man mit Feuer besonders vorsichtig sein.«
Dann fischte er einen alten Lederbeutel aus der Tasche seiner Opossumweste und nahm eine Prise heraus. Es roch angenehm.
»Was ist das?«, fragte Danielle.
»Pfeifentabak«, sagte der alte Jim. »Ihr solltet nich rauchen. Das is nich gut für euch.«
Seine gelb gefärbten Finger schoben die Tabakfasern in den Pfeifenkopf, bis er voll gestopft war, dann klopfte der alte Jim wieder seine Taschen ab. »Hat wer meine Streichhölzer gesehen?«
Cass schob ihm die Schachtel zu. Er zündete ein Streichholz an, hielt es über den Tabak und zog an der Pfeife. Die Flamme wurde zum Tabak hinuntergezogen. Dann paffte der alte Jim ein paar Mal kurz und heftig, bis das kleine Feuerchen so in Gang gekommen war, dass er zufrieden war. Es züngelte nicht, sondern schmorte still vor sich hin. Nun lehnte sich der alte Jim zurück, um die Geschichte zu erzählen.
»Früher kam immer der Frauenwanderverein aus Melbourne hier rauf«, fuhr er fort. »Is natürlich alles schon 'ne Weile her, müsst ihr bedenken. 'ne Zeit lang hab ich für die Frauen als Bergführer gearbeitet. Tja, und der alte Percy,

der war schon einer, der hat sich andauernd aufgeregt und Sorgen gemacht und zu mir gesagt, ich soll die bloß nich alleine gehn lassen – und zwar wegen dem Dulugar. Aber diese Frauen, die hatten ihren eignen Kopf. Die ham sich überhaupt nich drum bekümmert. Die sind eben einfach mal alleine verschwinden gegangen und so weiter.«

Er zog an seiner Pfeife, die in der Ecke seines Mundes fest in einer Zahnlücke klemmte, so dass er trotzdem sprechen konnte.

»Eines Tages nu kommt eine Frau völlig aufgelöst zurück und sagt, so ein haariges Wesen hat sie gepackt und sie hat sich gerade noch so befreien können. Na, die andern ham das auf die leichte Schulter genommen, ham Witze über die Frau gemacht, dass die eine wär, die ganz gern mal 'n Schlückchen zu sich nimmt, und dass sie sicher im Farnkraut hängen geblieben wär und so was eben, aber was auch immer – danach sind die Frauen nich wieder hierher gekommen.«

»Haben Sie schon mal einen Dulugar gesehen?«, fragte Cass.

»Nein«, sagte der alte Jim. »Aber als ich euren Freund gesehn hab, dacht ich, das wär einer.«

Dann war es still.

»In diesem Land kann man nie wissen ...«

»Kann ich mal an Ihrer Pfeife ziehen?«, fragte Frank.

Der alte Jim guckte ihn an: »Hör mal, das is keine Friedenspfeife.«

»Nur einmal probieren?«, fragte Frank.

Also zogen wir alle einmal kurz an der Pfeife, während der alte Jim über unser Gehuste lachen musste, bis er selber anfing zu husten.

»Wie wär's jetzt mit 'ner Tasse Tee?«

Während er den Tee machte, guckte ich mir seine Bücher an. Es gab zu ziemlich jedem Thema etwas: Tauchen, Insekten, Büffeljagd, Shakespeare, Steine, Gott – was auch immer. Ein paar Romane waren dabei und vier kleine ledergebundene, sehr abgegriffene Bücher. Ich schlug eines ganz vorsichtig auf. Es war ein Tagebuch, mit Bleistift in sehr sorgfältiger Schrift geschrieben. Es waren Bemerkungen über das Leben, Notizen über Bücher, die er gelesen hatte, wie viele Dingos ihm in die Falle gegangen waren, wie viel Dornengestrüpp er ausgebuddelt hatte, wie viele Fische er gefangen, wie viel er verdient, wie viel er ausgegeben hatte, Notizen über Vogelnester und Tierbeobachtungen ... Jims ganzes Leben steckte in den vier kleinen Büchern. Plötzlich kam ich mir gemein vor. Ich tat etwas Verbotenes. Ich schob die Bücher wieder ins Regal und entfernte mich unauffällig aus der Ecke.

Der alte Jim goss den Tee aus einer grässlichen braunen Kanne mit Rosenmuster – die ursprünglich weiß gewesen sein musste, nun aber angestoßen und voller Flecken war – in Emaillebecher, die sicherlich seit fünfzig Jahren nicht mehr abgewaschen worden waren.

»Glaubst du, es ist okay, daraus zu trinken?«, wisperte Frank mir zu.

Ich nickte und hoffte, dass es stimmte.

»Haben Sie schon mal gesehen, wie ein Blitz in einen Baum eingeschlagen hat?«, fragte Zev.
»Nu, das is mal 'ne Frage!«, sagte der alte Jim. Da wussten wir, dass es eine lange Antwort geben würde.
»Auf beiden Seiten vom Kamm wachsen unterschiedliche Bäume. Im Norden isses trockner, im Süden nasser. Weil da die Sonne nich hinkommt. Die Vegetation is anders, also gibt's auch andere Tierarten. Mattock legt Wege an, wo's ihm passt.«
Mir war nicht so richtig klar, was das mit Blitzen zu tun haben sollte. Er war in Gedanken immer noch bei dem Wimmerwuchs-Baum. »Mit dem Bulldozer macht er das ... und richtet mächtig Schaden an.«
Danielle schlich sich raus und kippte ihren Tee weg.
»Wie war noch mal deine Frage, mein Sohn?«
»Blitzschlag«, half ihm Zev auf die Sprünge.
»Richtig. Siehst du das tote Holz dort oben?« Er zeigte durch das Fenster auf ein paar abgestorbene Zweige in den Bäumen auf dem Kamm. »Die Stürme kommen von unten hochgebraust. Die Bäume dort wer'n als erste getroffen. Alle ham Blitze abgekriegt. Die Krone stirbt ab und an der Seite 'n Streifen vom Holz. Aber das bringt die Bäume nich unbedingt um. Der Blitz fetzt die Rinde ab und geht durch den Baumsaft in die Erde. Blitze können ein Feuer entzünden, vor allem, wenn sie auf lockere Eukalyptusrinde treffen – die is sehr faserig und brennt leicht.«
Plötzlich guckte Zev auf seine Uhr und verzog das Gesicht.
»Mich trifft der Schlag! Wir kommen zu spät!«

»Nu, dann solltet ihr gehn«, sagte der alte Mann traurig. »Is schon 'n komisches Gefühl, so junge Gesichter um sich zu ham, wenn man so lang allein war.«
»Ich habe gedacht, Sie würden sauer sein, wenn wir einfach kommen«, sagte ich zum alten Jim. »Habe ich echt gedacht!«
»Dein Problem ist, dass du zu viel denkst, Hen«, sagte Danielle.
»Das is auch mein Problem«, sagte der alte Jim und klopfte mir auf die Schulter. »Da ich seh, dass ihr wirklich was wissen wollt, erzähl ich euch noch was, bevor ihr geht. Und das erzähl ich nich jedem. In der Schlucht, wo die Schwarzholzakazien sind, gibt es Leierschwänze. *Hören* kann man sie ohne weiteres, aber wenn man *sehen* will, wie ein Leierschwanz sich aufspielt, dann muss man sich geschickt anschleichen. Nich so trampeln wie ihr. Ich hab euch schon meilenweit gehört.«
Er schüttelte uns die Hände.
»Das war *doch* eine Friedenspfeife«, sagte Cass.
Der alte Jim kletterte zurück auf seine Veranda. »Gefällt euch meine hübsche Aussicht?« Mit einer Armbewegung zeigte er auf die Landschaft um sich.
»Cool!«
»Bis dann mal. Sagt dem alten Herrn, er soll mal auf 'ne Tasse Tee und 'n Schwatz vorbeikommen. Wenn ihr eure Zeitungen aus habt, soll er die mitbringen, egal, wie alt.«
Auf dem Rückweg ging es nur abwärts. Wir legten einen Affenzahn vor, blieben überall hängen, wurden zerkratzt

und zerstochen. Trotzdem kamen wir zu spät, aber die Erwachsenen waren angeln gewesen, und Mr. Nic hatte tatsächlich eine Forelle gefangen, so dass niemand auf die Uhr geachtet hatte.
Erschöpft ließen wir uns auf den Boden fallen.
»Wir schwitzen und kriegen keine Luft mehr und sind am Verhungern!«
»Wo wart ihr?«
»Wir haben den alten Jim besucht.«
»Na, guck einer an! Wie geht's ihm? Da hätten wir ja auch mitgehen können.«
»Mr. Nic, er möchte, dass Sie ihn besuchen und Zeitungen mitbringen.«
»Ihr solltet mal sehen, wie's bei dem aussieht! Alles selbst gemacht!«, sagte Frank.
»Und wir haben seinen Tabak probiert und er hat uns ekelhaften Tee vorgesetzt«, sagte Cass.
»Und er hat uns vom Dulugar erzählt, einem haarigen Geist, der von den Bergen runterkommt und Frauen angrabscht«, sagte Danielle.
Die Erwachsenen folgten unserem Bericht vom Ausflug zur Hütte sehr aufmerksam.
»Die Geschichten vom alten Jim müsst ihr mit Vorsicht genießen«, sagte Donna.
»Apropos genießen: Was wollen wir – abgesehen von der Forelle – zum Abendbrot essen?«, fragte Sue und guckte zu den Küchenkisten rüber. »Am liebsten würde ich Pizza bestellen.«

»Ich koche!«, sagte Mr. Nic. »Was soll ich kochen? Auf offenem Feuer gelingen mir am besten: Kohlehühnchen, Kohlekoteletts, Kohlewürstchen, Kohlekartoffeln, Kohletomaten – was immer ihr wollt – verkohlt.«

Am Abend war es kühl. Kaum zu glauben nach dem heißen Tag. Wir saßen ums Feuer.

»Donna, erzähl uns was vom alten Jim«, bat Cass.

Also tat sie das.

Es war eine richtig traurige Geschichte. Die Mutter von Miriam und Donna hieß Dorothy. Jim (der damals noch nicht alt war) hatte Dorothy bei einem Dorftanz kennen gelernt. Dorothy war ungefähr zwanzig. Die beiden verliebten sich ineinander, so heißt es, und gingen oft zusammen aus. Aber dann ist Jim weggegangen, und als er zurückkehrte, hatte Dorothy Donnas Vater geheiratet, weil sie gedacht hatte, Jim käme nie wieder. Denn er hatte nie geschrieben, weder ihr noch sonst jemandem.

Und jetzt kommt der traurigste Teil. Nachdem Dorothys Mann gestorben war, lebte sie alleine. Als sie dann starb, erfuhr der alte Jim davon und kam von weit her – aus Bairnsdale – zu ihrer Beerdigung. Er weinte, als er hörte, Dorothy habe die letzten fünfzehn Jahre alleine verbracht. So wird jedenfalls erzählt.

Es war merkwürdig, Donna und Miriam zu kennen und diese Geschichte zu hören. Ich merkte mir eins: Wenn ich jemals jemanden liebe, dann werde dafür sorgen, dass ich immer weiß, wo der Mensch lebt, selbst wenn er verheiratet ist oder sonst was. Besonders heute, wo Ehen gar nicht mehr so lange halten.

Bei alten Leuten kommt man nie auf die Idee, dass die auch Geliebte gehabt haben könnten oder so richtig leidenschaftlich verliebt waren. Da denkt man immer nur an so eine Art Pantoffel-Liebe – was bestimmt auch ganz nett ist, nehme ich jedenfalls an.

20 Brutal wie Hackbeile

Die Sonne war kräftig. Zev konnte in Sekundenschnelle mit seiner kleinen Lupe seinen Namen in Papier einbrennen. Ansonsten war er dauernd mit seinem Walkie-Talkie oder einem der Dinge aus seiner Erfindertasche beschäftigt und machte irgendwelche Experimente.

Das erste Ereignis des Tages bestand darin, dass wir in Briketts reichlich vergammelter Decke Maden fanden. Brikett glotzte blöde, als wir ihre Decke flussabwärts wuschen und an den Steinen ausschlugen.

Sie wuselte ungeduldig herum und bellte: »Was macht ihr mit meiner Decke?«

Donna ging schwimmen.

»Es ist wirklich schön zu sehen, wie entspannt Donna ist«, sagte Tibor.

»Sie schwebt ... übertragen natürlich!« Wir konnten sie in der kleinen Bucht drüben am Regierungsfelsen sehen. Sie plätscherte herum, genoss die Zeit für sich, machte hin und wieder ein Nickerchen.

Papa war unruhig und wollte unbedingt etwas unternehmen. Und er konnte die anderen Erwachsenen und sogar Mr. Nic tatsächlich dazu überreden, trotz der Hitze den Fluss zu überqueren und hoch auf den Kamm zu klettern.

Sobald sie weg waren, sagte Donna: »Ich werde ein kleines Nickerchen machen!«, als wäre das was Unanständiges.

»Und wenn sie nun auf Kippes Platz stoßen?«, fragte Cass.

»*Das* würde ich gerne sehen«, sagte Frank und spielte mit seinen Zehen im Wasser.

Als Kippe vormittags den Eisbehälter zurückgeworfen hatte, hatte er einen in Rinde gewickelten Schädel einer Beutelmaus hineingelegt. Das wurde einer von unseren Schätzen.

Wir spielten zuerst Pop-Stand, dann dachten wir uns ein Spiel aus, das wir Steinhüpfer nannten, als Cass schrie: *»EIN AUTO!«*

Quiekend und kreischend stürzten wir zu unseren Sachen. (Wir hatten schon etwas an, aber noch nicht überall.) Dann stellten wir uns hinter das Küchenzeug, um zu sehen, wer da kam.

Meine Damen und Herzen, Erwachsene und Siewachsene, schnallen Sie Ihre Sicherheitsgurte an und stellen Sie Ihre Tabletts in eine aufrechte Position, denn jetzt fangen die Turbulenzen an!

Ein Jeep mit Allradantrieb hielt bei den Zelten. Beide Türen schlugen gleichzeitig auf, zwei Männer stiegen aus und blickten sich um. Einer war älter, größer und gröber und hatte eine mächtige Bierwampe. Der jüngere Mann musste vom gleichen Holz sein, denn seine Nase hatte genau dieselbe Form. Er war ungefähr zwanzig, nehme ich an. Beide blickten sich um, dann holten sie Angeln und einen Eimer aus dem Wagen.

Sie kamen auf uns zu. »Tag auch. Eure Eltern da?«

Genau in dem Moment blinzelte Donna aus ihrem Zelt. Sie hatte geschlafen.
»Tag. Stan Mattock. Das ist Darren.«
Danielle räusperte sich ungefähr dreißig Sekunden lang, so dass jeder Idiot kapierte, was sie meinte.
»Na, isses heiß genug für Sie?«
»Ja, gut warm«, sagte Donna und schob ihr Haar zur Seite. Sie war nicht gerade glücklich darüber, dass sie wegen eines Schwätzchens über das Wetter geweckt worden war.
»Schöner Platz hier.«
»Ja, kann man wohl sagen.«
»Wo sind Sie her?«
»Melbourne.«
»So, so. Wir kommen oft hierher, um unser Glück zu versuchen.« Er wedelte ein wenig mit der Angelrute.
Ich guckte Zev an und in seinen Augen stand groß und deutlich: »LÜGNER!«
»Woher kenn'n Sie denn die Stelle hier?«
»Von einem Freund.« Wenn Donna die Leute gemocht hätte, dann hätte sie jetzt schon Wasser für Tee aufgestellt. Aber sie rührte keinen Finger. Wir alle wussten, dass dieses Geplauder zu irgendwas führen musste. Mattock legte die Hand auf die Hüfte.
»Nun, Sie wissen doch, dass Sie sich auf Privatgelände befinden?«
»Gehört Ihnen das Land?«, fragte Donna. Das brachte ihn ein bisschen durcheinander. Ich glaube, er wollte, dass wir das dachten.

»Na ja, also, es ist so, ich soll Ihnen vom Eigentümer was ausrichten.« Er räusperte sich. »Er will, dass Sie bis Freitag von hier verschwunden sind.«

Wir wussten, dass das eine Lüge war. Der alte Jim hatte gesagt, der alte Besitzer sei tot, und wenn es einen neuen gäbe, dann wäre das auch kein Problem.

Donna war seit Jahren daran gewöhnt, dass Leute sie anlogen, das gehörte sozusagen zu ihrer Arbeit. Sie kann Leute ziemlich schnell durchschauen.

»Würden Sie uns bitte Namen und Adresse des Besitzers geben, damit wir persönlich mit ihm sprechen können?«

»Nein. Kann ich nicht. Ich habe strikte Anweisung, dafür zu sorgen, dass Sie hier verschwinden.«

Dann platzte es plötzlich wie ein Blitz aus Danielle – dem menschlichen Lügendetektor – heraus: »Sie wollen doch bloß die Schwarzholzakazie mit dem Wimmerwuchs fällen, stimmt's?«

Mattock war vollkommen überrascht. Er wischte sich mit dem Ärmel über die Nase und kratzte sich am Kopf. Darren wurde knallrot und zog die Augenbrauen so hoch, dass sie unter seiner Frisur verschwanden.

»Was ich tue, geht niemanden was an«, polterte Mattock. Dann: »Wovon zum Teufel redest du überhaupt?«

Damit hatte er sich verraten!

»Ich wusste es!«, sagte Danielle.

Donna war voller Entsetzen. »Geht es etwa um die Schwarzholzakazien in der Schlucht? Das kann doch nicht sein!«

Der dicke Mann wusste nicht, wie er sich verhalten sollte, und er war nicht schlau genug, sich eine Ausrede einfallen zu lassen. Und so standen sie sich gegenüber: Mattock mit der dicken Bierwampe und Donna mit Baby Wassermelone.

Donna guckte ihm direkt in die Augen. »Ist das wahr?«

»Hören Sie, gute Frau, wenn Sie zu Hause in ihrem netten kleinen Heim geblieben wären, dann hätten Sie keine Ahnung, was hier los ist. Sie würden nicht wissen, dass hier Bäume stehen, und wenn wir sie fällen würden, wäre Ihnen das vollkommen egal.«

»Aber jetzt wissen wir es«, sagte ich. »Und das ist was anderes.«

»Mit dir rede ich nicht, Miss!«, blaffte er. »Leute wie ihr denken, Bäume wären was Magisches. Ich werd euch mal sagen, was sie sind: Bäume sind Bäume. Und wisst ihr was? Sie wachsen aus der Erde. Habt ihr das schon mal gehört? Dass aus der Erde neue Bäume wachsen?«

»Aber das ist ein ganz besonderer Ort!«

»O Gott. Verdammte Baumschützer!« Mattock blies sich immer mehr auf.

»Und was ist mit den Tieren und den Vögeln?«, fragte Cass. »Sie zerstören ihren Lebensraum!«

»Lebensraum! Lebensraum! Warum geht ihr nicht zurück in euren kostbaren Lebensraum Stadt und kümmert euch verdammt noch mal um eure eigenen Angelegenheiten!«

»Das hier ist meine Angelegenheit!«, sagte Donna.

»Seit wann?«

»Seit ich die Stelle kenne. Das ist eine echte Perle. Wenn Sie irgendwas über die Wildnis wüssten, dann wüssten Sie, dass diese Schlucht eine Laune der Natur ist. *Akaziensis diesoderanderus* in dieser Gegend!«

Dass Donna die Bäume mit ihrem wissenschaftlichen Namen nannte, brachte den Mann vollends auf die Palme.

»Ihr elenden Klugscheißer aus der Stadt! Kommt einfach hier reingeplatzt und denkt, euch gehört die ganze gottverdammte Gegend hier!«

Ich fand es grässlich, wie er Donna und uns Kinder runterputzte, als hätten wir von nichts eine Ahnung.

»Hören Sie zu, gute Frau, hier gibt's jede Menge Wald für alles, was kreucht und fleucht.«

»Aber wenn Sie den alten Wald abschlagen, nicht mehr.«
»Jetzt hören Sie bloß auf mit dem ›Alten-Wald‹-Scheiß. Wissen Sie, wie viel alten Wald es hier gibt? Jede Menge, klar? Da gebe ich Ihnen mein Wort drauf.«
»Auf Ihr Wort würde ich gar nichts geben«, sagte Donna mit zusammengekniffenen Lippen.
»Jetzt mal langsam, gute Frau«, sagte er blöde grinsend. »In Ihrem Zustand sollten Sie sich lieber nicht so aufregen. Also, Sie packen einfach Ihr Zeug zusammen, fahren nach Hause und erzählen allen Leuten, was für schöne Ferien Sie in der Wildnis verbracht haben, und damit hat sich die Geschichte.«
»Diese Schlucht ist einzigartig!«
»Ach, wie sehr so Typen wie Sie dieses Wort lieben: einzigartig! Jedes verdammte Ding ist einzigartig.«
»Mr. Mattock. Dieses kleine Regenwald-Einsprengsel ist etwas ausgesprochen Seltenes. Wir wissen nicht, was dort alles lebt. Niemand hat das untersucht. Sobald Sie die Bäume gefällt haben, ist die Schlucht zerstört. Die Bäume sind hunderte von Jahren alt.«
»Ungefähr vierhun…«, warf Darren ein.
»SCHNAUZE!«, schnauzte sein Vater.
»Um an die Bäume ranzukommen, müssen Sie ringsum alles kurz und klein hacken.«
»Sie fällen die Bäume bloß, weil Ihnen nichts Besseres einfällt«, sagte Danielle. »Und Sie können nicht umdenken!«
Ich dachte, gleich explodiert der.
»Danielle, sei *still*! Es ist *genug*!«, sagte Donna.

Der Mann starrte Danielle an, dann Donna, als wollte er sagen: »Bringen Sie dieses Kind zum Schweigen!«
»Wenn du meine Tochter wärst …«
»… würde ich mich umbringen!«
Wir konnten sehen, dass es ihm in den Fingern juckte, ihr eine runterzuhauen, aber er drehte sich nur um und trat nach Brikett. Er traf sie in die Rippen und Brikett raste jaulend davon.
»Schafft mir den blöden Hund aus dem Weg!«
»Wenn sie verletzt ist, kommen Sie dafür auf!«, schrie Donna wütend.
»Fettsack!«, rief ihm Danielle nach.
»*Danielle!* Sei *still*!«, fuhr Donna sie an.
»Ich warne Sie!«, schleuderte er zurück. Er tat nicht einmal mehr so, als wollte er angeln.
Mattock warf seine Angel hinten in den Wagen, schickte den Eimer hinterher und schmiss die Tür zu. Darren machte das Gleiche, ein jämmerliches Abziehbild seines Vaters.
»Lassen Sie die Finger von der Schlucht!«, schrie Donna.
»Ich tue, was mir passt, verdammt noch mal!«, brüllte Mattock über den Motorenlärm hinweg.
»Wehe!«
»Wer soll mich dran hindern?«
»Wir!«
»Sie und welche Armee?« Er drohte Donna mit geballter Faust und ließ den Motor röhren. »Sie werden hier verschwinden, das werden Sie schon sehen!« Wütend brauste er davon.

»Wenn wir Glück haben, hat er einen Unfall!«, sagte Danielle.
Cass warf den Kopf zurück. »Was dem passiert, ist doch purzschniepelegal!«
»Ich muss mich setzen«, sagte Donna. »Dieser Holzfäller ist die extremste Form eines Monsters.«
»Und sein Sohn, Darren?«, sagte Zev. »Junge, das ist ja vielleicht eine Flasche. Stellt euch vor, ihr hättet so einen Typen als Vater!«
»Das war ja ekelhaft, wie der vor seinem Vater gekrochen ist.«
»Wir beschützen die Schlucht«, sagte ich.
»Ja, das machen wir«, sagte Danielle.
Weil mir Brikett so Leid tat, suchte ich etwas, womit ich sie trösten könnte. Es steckte, in drei Plastiktüten gewickelt, in einer Dose und war von Rob im Kofferraum seines Autos versteckt worden. Der Huf.

Als die anderen Erwachsenen nach Hause kamen, gab es eine ernsthafte Lagebesprechung auf höchster Ebene. Zunächst erzählten wir alles über die Männer, die Danielle belauscht hatte (sie wollte uns immer noch nicht erzählen, wo sie sich versteckt hatte), dann von unserem Besuch in der Schlucht, dann alles, was der alte Jim uns erzählt hatte, dann – in allen Einzelheiten – unsere Begegnung mit dem brutalen Mattock. Uns machte es Spaß, obwohl die Situation eigentlich bedrohlich war. Die Erwachsenen machten sich Sorgen, weil Donna sich so aufgeregt hatte.

»Ich denke, du solltest dich ausruhen«, sagte Rob.
»Uns geht's prima«, sagte Donna.
»Sieht so aus, als ob der nur Holz sieht und keine Bäume.«
»Morgen gehen wir zum alten Jim und fragen ihn, was er darüber weiß.«

Lieber Gott!

Noch mal wegen Danielle.
Ihr Zorn macht mir Angst. Wenn sie richtig wütend ist, dann steht sie wie unter Strom NORMALERWEISE geht das wieder vorbei … aber sie ist tolpatschig …
Da wir jetzt die Schlucht beschützen, pass bitte auf sie auf.
Wenigstens hat sie ein gutes Versteck.

Liebe Grüße
Schlaflos im Wald

P.S. und pass auch auf Brikett auf!

Nach dem Essen tauchte Brikett mit einem großen, blöden Grinsen im Gesicht auf und – mit ihrem Huf.
»Wie ist sie denn an den rangekommen?«
Ich gestand. Rob nahm den Huf, ging flussabwärts und warf ihn in eine tiefe Stelle zwischen den Felsen.
»Da, das wird den Fischen was zu denken geben.«
Brikett rannte am Ufer auf und ab und winselte um ihren Huf.
Am Abend dauerte es lange, bis wir in unserem Zirkuszelt einschlafen konnten. Wir dachten uns Geschichten vom brutalen Mattock aus und von der alten, brutalen Mattock-Mutter und den brutalen Mattock-Babys und erfanden eine ganze brutale Mattock-Bande, dazu einen fetten Schoßhund und die dumpfen Töchter Phlegma, Pragma und die fixe Insta und den Sohn Copy, der kläglich seinen Vater nachmacht …

21 Dummes Gerede

»Dummes Gerede«, sagte Papa am nächsten Morgen beim Frühstück. »Große Töne. Da steckt doch nichts dahinter. Mattock hat versucht, dich ins Bockshorn zu jagen, aber du hast ihm die Stirn geboten. Er wird aufgeben. Ende der Geschichte.«

»Auf keinen Fall!«, sagten wir. »Du siehst das falsch. Der ist ein ganz mieser Typ. Der ist brutal. Der ist gefährlich. Ehrlich!« Donna unterstützte uns.

Aber Papa konnte es nicht glauben. Die anderen Erwachsenen hatten uns richtig zugehört und glaubten uns, aber Papa nicht.

Bis jetzt hatte es keine Rolle gespielt, wie spät es war, welcher Tag es war, welcher Monat, welches Jahr – es war einfach eine wunderschöne zeitlose Zeit in der Wildnis. Aber Papa hatte sich von Anfang an nach einer Zeitung gesehnt. Inzwischen konnte er es kaum noch ohne aushalten. Er hatte sogar angefangen, die fettigen, schwarz verschmierten, sechs Monate alten Zeitungen zu lesen, in denen die Waffeleisen eingewickelt gewesen waren. Als er seinen Kaffee ausgetrunken hatte, stand er auf und streckte sich.

»Warte«, sagte Mama, »ich weiß, was du sagen willst!«

»Was denn?«, fragte Papa.
»Ich glaub, ich fahr mal in die Stadt.«
Alle lachten, auch Papa.
»Na ja, wenn ihr euch alle über diesen brutalen Mattock aufregt, dann sollten wir versuchen rauszufinden, was in dieser Gegend so los ist. Und eine Zeitung kann ich mir auch gleich kaufen, wenn ich schon mal da bin«, fügte er beiläufig hinzu.
Alle lachten, weil es so war, als würde jemand, der gerade am Verdursten ist, sagen: »Na ja, ich könnte vielleicht einen Schluck trinken.«
»Soll ich euch was mitbringen?«
»Kaltes Bier!«
»In Dosen.«
»Eis.«
»Alles *Frische*, was du kriegen kannst.«
Also räumten Papa und Mr. Nic eine Menge Zeugs aus unserem Wagen und verwandelten ihn von einem Geräteschuppen zurück in ein Auto und stellten die beiden großen Kühlboxen hinein und fanden auch ihre Brieftaschen und notierten sorgfältig alle Aufträge fürs Einkaufen und dann rumpelten sie – mit Zev und Danielle an Bord – von der Lichtung in Richtung Stadt.
»Passt auf!«, rief Tibor. »Vielleicht ist der ganze Ort voller Mattocks, die alle brutale Hackbeile sind.«
Sobald sie weg waren, brachte ich Kippe sein Essen. Ich war froh, dass Danielle nicht da war, obwohl sie inzwischen kein Theater mehr machte.

Kippe sah so wild aus wie immer, aber irgendwas an ihm war anders – er hatte abgenommen. Wenn er nur von dem lebte, was wir ihm gaben, war das kein Wunder. Aber er sah auch klarer aus, kräftiger.

Rob schnürte seine Stiefel. »Bringt mich zum alten Jim«, sagte er, »damit wir rausfinden, was er alles weiß.«
Also stopften Cass und ich ein paar getrocknete Aprikosen in unsere Taschen, packten eine Flasche Wasser in unseren Rucksack und marschierten mit uralten Zeitungen und der Dezemberausgabe der *Time* als Geschenk für den alten Jim los. Frank blieb gerne bei Donna, Sue und Mama, die in die Schlucht gehen wollten. Und Tibor bastelte irgendwas.
Es war eine schöne Wanderung. Cass und ich redeten über die Schule und Rob entdeckte in einem hohlen Baum einen Bienenstock. Aber diesmal kam Holzer uns nicht entgegen. Problemlos gelangten wir bis zur Hütte. Vom alten Mann war nichts zu sehen. Wir riefen: »Hallo! Ist jemand da?« Aber niemand antwortete. Der alte Lieferwagen war aus dem Schuppen verschwunden.
»Ich hätte nicht gedacht, dass die Karre noch fahren würde!«, sagte Cass.
Dafür fanden wir Holzer im Schuppen, er lag an der Kette und freute sich sehr, uns zu sehen. Er bellte und sprang hoch und wedelte mit dem Schwanz, aber wir wollten ihn lieber nicht freilassen.
»An manchen Orten verkaufen sie einem für so was Ein-

trittskarten«, sagte Rob, »und nennen es ›lebendiges Museum‹. All die Geräte von früher! Aber guckt doch mal aufs Dach! Eine Solaranlage! Wofür mag er die haben?«
Rob war begeistert vom Laufrad für Holzer. »Ein Hundelaufrad! So was habe ich noch nie gesehen!«
»Du solltest erst das Innere der Hütte sehen!«, sagte Cass. »Es ist unglaublich.«
»Was meint ihr?«, fragte Rob. »Ob ich mal kurz einen Blick reinwerfen könnte?«
Vorsichtig schob er die Tür auf. Wir schnappten nach Luft. Überall lag Zeug herum. Das ganze Haus war durchwühlt worden!
»Vor zwei Tagen sah es hier so aus, als wäre fünfzig Jahre lang nichts angerührt worden«, sprudelte Cass heraus, »und jetzt könnte man meinen, hier wäre ein Hurrikan durchgefegt.«
»Fasst nichts an!«, sagte Rob.
Wir gingen nicht weiter in die Hütte hinein, blieben an der Tür stehen und guckten.
Dann fiel mir was auf. »Das ist alles ganz sorgfältig gemacht worden. Guckt doch mal! Nichts ist kaputt oder umgeworfen. Sogar die Bücher sind gestapelt. Es sieht schrecklich aus wegen der Spinnen und dem Staub, aber ich glaube nicht, dass es ein Einbrecher war. Ich glaube, das war der alte Jim selber.«
»Tja«, sagte Rob. »Ich weiß ja nicht, ob uns das was angeht oder nicht.«
Wir traten hinaus und er zog die Tür hinter sich zu.

»Ich weiß nicht, was ich davon halten soll.«
»Und wenn nun der brutale Mattock ... Holzer, erzähl du, was los war!«
Der Hund schien nicht weiter beunruhigt zu sein, also ließen wir die Zeitungen auf dem Verandastuhl liegen und gingen zurück zu unserem Zeltplatz, wobei wir die ganze Zeit über den alten Jim redeten und überlegten, was in der Hütte passiert sein mochte.

Am frühen Nachmittag kam die Einkaufsgruppe zurück, ausgelassen und triumphierend.
»Wir hatten vielleicht einen Dusel!«, kreischte Danielle und platzte förmlich aus dem Auto heraus. »Erst sind wir zum Gemeindeamt, da stand draußen dran, bis zum 21. Januar ist total geschlossen, doch ich hab trotzdem ganz laut geklopft, und gerade, als wir zum Auto zurückwollten, hat ein Mann die Tür aufgemacht ...«
»Er war nur da, um irgendeinen Bericht fertig zu machen«, sagte Zev.
» ... ein Mann mit großen Ohren«, sagte Danielle. »Und dem war so langweilig und da hat der geredet und geredet und geredet und *geredet*. Und als Papa gesagt hat, wir wollten was über den Platz wissen, an dem wir zelten, hat er eine Karte gefunden und noch eine und noch eine und Karten von da und von dort und von überall und die hat er dann alle für uns fotokopiert.«
»Die Stelle hier hat einen Namen!«, sagte Zev. »Wir zelten in der Speck-Senke.«

»Und zwar, weil früher die Viehtreiber hier immer gefrühstückt haben. Zur Schlucht kommt man nur durch die Speck-Senke und dann am Fluss entlang.«

»Und dann ...«, sagte Papa, aber er hatte keine Chance.

»Wir haben rausgekriegt, wer der brutale Mattock ist!«, platzte Danielle dazwischen. »Er ist der Geschäftsführer eines Sägewerks und keiner kann ihn leiden. Er hat auf der falschen Seite des Bergkamms einen Weg planiert und dadurch ist es zu einer Erosion gekommen. Wisst ihr noch, was der alte Jim gesagt hat? Und der Besitzer des Sägewerks lebt in Melbourne und kommt nie her. Also weiß er gar nicht, wie der Mattock wirklich ist. Und Papa glaubt jetzt auch, dass das einer ist, dem man auf die Finger gucken muss.«

Danach brauchten wir alle was zu essen und wir hatten ein regelrechtes Festessen mit frischen Kirschen, Pfirsichen, Käse und Brot.

»Und was machen wir nun mit Mr. Mattock?«, fragte ich.

Wir kauten an dem Problem herum, solange wir unser Essen mampften, dann aber teilten sich Papa, Mama, Sue und Tibor die Zeitung und setzten sich zum Lesen hin, was zum Verrücktwerden war.

Wir wussten nicht, was wir machen sollten. Donna ging schwimmen.

Als sie rauskam, bemerkte sie, wie wir ihren dicken Bauch anguckten – ohne eigentlich richtig hinzugucken, wenn ihr versteht, was ich meine.

»Wollt ihr sehen, wie's Baby Wassermelone geht?« Sie

Gott,

wie können sie jetzt nur Zeitung lesen? Und ausgerechnet

Zeitung!

Was ist mit Breithacker – ist das keine Neuigkeit?

Wenigstens glaubt Papa jetzt auch, dass der ein Irrer ist. Wahrscheinlich sollte ich deswegen erleichtert sein.

Deine reichlich angesäuerte

Henni

P.S. Wenn wir zu Hause in der Stellastraße alle Zeitungen rauslegen, werden die wirklich recycelt?

schämte sich kein bisschen vor uns und nahm ihr Handtuch weg.
»Oh, Donna, dein Bauchnabel hat sich ja rausgestülpt!«
»Tja, innen drinnen ist einfach kein Platz mehr! Fühlt doch mal!«
Ihre Haut war so gespannt wie das Fell einer Trommel. Plötzlich wölbte sich ein kleiner Hubbel heraus.
»Boah! Habt ihr das gesehen!«, sagte Cass.
»Donna, du bist von einem Geist besessen! Du hast was Lebendiges in dir!«
Sie lachte. »Als ob ich das nicht wüsste!«
Der Hubbel bewegte sich wieder.
Wir glotzten.
»Ich glaube, das ist ein Fuß«, sagte sie und fasste den kleinen harten Knubbel mit der Hand an. »Was meint ihr?«
Wir fühlten alle und stimmten ihr zu, es sei ein Fuß.
»Wenn ihr das Ohr auf meinen Bauch legt, dann könnt ihr den Herzschlag des Babys hören.«
Wir lauschten alle.

»Er ist sehr schnell«, sagte Cass. »Das trappelt wie ein kleiner Esel.«
»Hallo, Baby Wassermelone!«, sagte Frank. »Beeil dich, damit ich mit dir spielen kann.«
Donna legte das Handtuch wieder um ihren dicken Leib und schlüpfte in ihre Sandalen. »Ich werde mich jetzt ein bisschen hinhauen«, sagte sie, »und wenn ich aufwache, dann möchte ich, dass ihr mich begleitet, Henni und Zev, um meine Pflanzenbücher zu tragen und für mich Notizen zu machen. Wir gehen in die Schlucht. Wir machen uns an die Arbeit.«
Wenigstens eine war bereit, etwas zu tun!

22 Natterngezücht!

Wir waren alle ein bisschen durch den Wind. Der brutale Mattock und der Wimmerwuchs und der alte Jim spukten uns im Kopf herum, aber wir konnten überhaupt nichts machen. Also beschlossen wir, unser Floß mit allen Gefäßen zu vergrößern, die inzwischen leer geworden waren.

Cass ging ins Zirkuszelt, um einen Sonnenhut zu holen. Brikett trottete ihr hinterher und drehte plötzlich durch – sie bellte wütend und ihre Nackenhaare sträubten sich.

»Was ist denn, Brikett?«

»Komm raus, Cass!«, schrie Rob. »Wenn sie so bellt, ist es ernst!«

Alle rannten zum Zirkuszelt.

Brikett war vollkommen außer sich und ließ Cass' Schlafsack nicht aus den Augen. Sie kam nicht aus dem Zelt, egal, wie böse wir sie alle anknurrten. Sie ignorierte uns einfach. In Briketts kleinem Hundehirn blühen manchmal ganz schön verrückte Ideen.

Rob packte einen langen Stock und zerrte Franks Schlafsack hervor. Er schleuderte ihn nach draußen, dann meinen, dann anderes von unserem Zeug. Als er Danielles Schlafanzugoberteil am Haken hatte, sahen wir etwas, das wie ein glänzendes schwarzes Seil aussah.

»Eine *Schlange*!«

»*Gott, da ist noch eine!*«

»*Zwei* Schlangen. Das ist ein bisschen fett, was?«

»Oh, mach sie tot, diese grässlichen Kriechdinger«, sagte Sue.

»Nein, nicht totmachen!«, sagte Zev.

»Die eine ist ein Kupferkopf und die andere eine rotbäuchige Schwarznatter, glaube ich!«, sagte Rob.

»Und was willst du mit denen machen?«

»Fangen und zurück in den Wald bringen.«

»Rob, das tust du *nicht*!«, sagte Donna. »Ich will, dass mein Baby einen Vater hat!«

»Du bist verrückt!«, sagte Tibor.

»Ich hab gesehen, wie man's macht, aber echt selber gemacht hab ich es noch nie«, gestand Rob.

Also gab es eine große Debatte darüber, wie wir die Schlangen da rauskriegten, ob wir sie töten sollten oder nicht, und wenn wir sie töteten, wie wir das machen wollten …

Aber schließlich löste Mr. Nic das Problem, indem er die Zeltpflöcke löste, die dem Wald am nächsten waren. Wir beugten uns vor und stellten die Füße so weit wie möglich vom Zelt weg, dann zogen wir die Zeltschnüre hoch, hoben die eine Zeltwand an und schlugen mit einem Stock auf die Planen ein. Die Schlangen glitten davon, sie peitschten durch das Gras wie ein gleißender Blitz.

Brikett schnappte völlig über, und Zev und Cass hatten große Mühe, sie zu halten.

»Puh!«

»Natterngezücht!«, sagte Mr. Nic und fuhr mit der Zunge über die Vorderreihe seiner falschen Zähne.

»Zwei verschiedene *Arten*!«, sagte Sue. »Wisst ihr, was ich denke? Ich denke, sie sind ein Geschenk von eurem Freund, dem brutalen Mattock«, sagte Sue.

»Er ist auch dein Freund«, sagte Danielle.

»Er will uns verscheuchen.«

Brikett, die Heldin des Tages, wurde viel gestreichelt und gelobt und bekam sogar eine Extramahlzeit. Sie grinste blöde über das ganze Gesicht, als hätte sie alles alleine gemacht.

Wenn's hart auf hart kommt, dann ist Zeit für konzentriertes Teetrinken. Die Eltern bewegten sich schnurstracks auf das Küchengeschirr zu. Wer konnte sich eingeschlichen haben? Wann? Gab es einen Zeitpunkt, an dem niemand auf dem Platz war? Gab es irgendwelche frischen Hinweise?

Es war gruselig. »Schlangen bleiben nicht lange an einem fremden Ort«, sagte Rob. »Jemand muss sich ganz in der Nähe versteckt und auf eine günstige Gelegenheit gewartet haben.«

Dann fanden Cass und Danielle zwei frische Stiefelspuren auf dem weichen Sand am Flussübergang. Sie waren so deutlich und frisch, als wären sie mit einer Backform eingedrückt worden. Der brutale Mattock und sein Sohn, keine Frage.

»Was machen wir jetzt?«, fragte Zev.

»Die Polizei können wir von hier draußen nicht anrufen.«

»Wir können doch überhaupt niemanden anrufen.«

»Ich denke, wir sollten nach Hause fahren«, sagte Rob. Er wollte Donna aus dem Tal haben.
»Aber das ist doch genau das, was Mattock *will*!«, sagte Donna. »Wir können die Schlucht nicht verlassen, bevor nicht dafür gesorgt ist, dass dem Baum nichts passiert.«
Donna hatte sich in den Kopf gesetzt, jede einzelne Pflanze des Regenwaldes zu beschreiben und zu bestimmen. Tibor hatte gesagt, er würde für sie Fotos machen.
»Wir bleiben«, sagten wir Kinder. Wir wollten nicht weglaufen. Auf keinen Fall.
»So weit kommt's noch! Wo dieser Wahnsinnige hier rumtobt!«, sagte Rob.
»Wir können doch nicht einfach die Gesellschaft zum Schutz der Wildnis anrufen und sagen: ›Kommt und rettet diese wunderschöne kleine Schlucht vor dem brutalen Mattock.‹ Da geht keiner ans Telefon. Es sind Weihnachtsferien.«
Ich regte mich total auf. »Was sollen wir denn machen?«, schrie ich. »Sollen wir es dem alten Jim überlassen, die Schlucht zu retten? Der hat doch keine Chance. Er ist ein alter Mann. Er ist ganz alleine und jetzt ist er noch nicht mal da. Wir können nicht einfach abhauen. Dann würde sofort Mattock mit seinen Sägen und seinem Bulldozer hier auftauchen.«
Sue und Mama und Tibor beruhigten uns alle. Sie verteilten Tee, Bier oder Schokoladentrunk und schon war uns allen besser.
»Es ist schon zu spät, um zu packen und abzufahren«, sagte

Sue, die Stimme der Vernunft. »Also überschlafen wir das Ganze erst mal.«

Doch das war leichter gesagt als getan. Am Tag ist es kein Problem, mutig zu sein und dies und das freiwillig auf sich zu nehmen. Aber stellt euch mal vor, ihr müsstet in einem Zelt schlafen, in dem eben noch Schlangen über die Schlafsäcke gekrochen sind! Unmöglich.

Zev sagte immer wieder, Schlangen gehören nun mal zum Wald und sie haben mehr Angst vor *uns* als wir vor ihnen. Manchmal denke ich, Zev kommt von einem anderen Planeten.

»Ich schlafe auf keinen Fall in dieser Schlangengrube«, sagte Frank.

»Sie sind doch weg!«

»Ich bin fast aus den Latschen gekippt!«, sagte Danielle.

»Du hast doch gar keine angehabt«, sagte Cass.

Also beschlossen wir alle, draußen auf unseren Picknickmatten zu schlafen. Als Cass und Frank behaupteten, sie hätten ganz bestimmt einen Dulugar oder so etwas im Wald gesehen, und die Moskitos anfingen, uns bei lebendigem Leibe aufzufressen, kehrten wir ins Zelt zurück. Aber einschlafen konnten wir immer noch nicht.

»Wie schafft Kippe das bloß? Der muss doch jede Nacht zerfressen werden!«, sagte Zev.

Dann schliefen alle außer Zev, Cass, Frank und mir. Jedenfalls *empfindet* man so, wenn Danielle schläft.

»Das ist gemein!«, sagte Cass. »Wenn Mattock gewusst hätte, welcher Schlafsack Danielle gehört, dann hätte er beide

Schlangen da reingesteckt. Und jetzt ist sie die Einzige, die schlafen kann.«

Dann bewegte sich der Strahl einer Taschenlampe auf uns zu.

»Macht Platz.«

Es war Mama mit Brikett und deren gesäuberter Decke.

»Hier, da habt ihr den besten Wachhund, den es gibt. Schlaft endlich! Wenn ihr nicht schlafen könnt, dann werden wir *ganz bestimmt* nach Hause fahren.«

Brikett, die nur »Der Hund gehört nicht ins Zelt« kannte, konnte ihr Glück kaum fassen. Sie rollte sich sofort in Franks Kniekehlen zusammen. Cass schlief kurz darauf ein, ihre Fingerspitzen lagen ganz leicht auf Briketts schwarzem Samtohr.

23 Das Gewitter

Am nächsten Tag war es brütend heiß. Der Himmel war wie von einem graugoldenen Schleier überzogen und über allem lag wie eine unsichtbare elektrische Heizdecke heiße Luft. (Wie es sich herausstellte, *war* es eine elektrische Heizdecke.) Die Erwachsenen verstrickten sich sofort nach dem Aufstehen in eine hitzige parlamentarische Debatte über Mattock und eine sofortige Abreise. »Ihr Kinder schwirrt ab. Wir sagen euch Bescheid, wenn wir uns entschieden haben.«

Wir gingen ins Wasser und waren bereit, uns taub zu stellen, sobald der Befehl zum Packen käme. Mein Herz machte einen Sprung, als ich sah, wie Papa, Rob und Sue die Autos anließen und auf die Mitte der Lichtung fuhren.

Danielle konnte es nicht länger aushalten. »Ich will wissen, was los ist.« Sie raste die Uferböschung hinauf.

»Wir fahren nicht!«, rief Danielle. »Es ist zu heiß.« Sie deutete auf die Wagen. »Das ist nur zum Schutz vor Feuer.«

»Brikett hat Hummeln im Hintern«, sagte Rob. »Sie kommt nicht zur Ruhe und ich auch nicht. Wir hätten schon vor Ewigkeiten packen und abhauen sollen. Wir kriegen ein Gewitter, keine Frage.«

Wir schlichen uns zu den Sprechenden Felsen, um Kippe

was zu essen zu bringen. Wir warfen ihm auch unser Mückenschutzmittel rüber. »Danke!«, rief er, warf es aber zurück. »Ich habe mich inzwischen an die Mücken gewöhnt.«

Am späten Nachmittag war es noch heißer und man konnte sich nur noch im Fluss aufhalten.

»Wenn ich ein Baum wäre, würde ich einen Zweig abwerfen!«, sagte Sue.

Donna schleppte sich schwerfällig herum. Sie hatte nicht mehr genug Kraft, um zur Schlucht zu gehen. Sie lag auf ihrer Campingliege, ließ die Füße ins Wasser baumeln und las ihren Krimi.

»Keine Sorge, Henni. Wir tun schon was, indem wir einfach da sind.«

Mr. Nic und Tibor zogen Gräben um die Zelte, schlugen schwitzend die Pflöcke tiefer in den Boden und überprüften die Zeltschnüre. Mr. Nic kam sich vor wie bei der Armee und pfiff den »Yankee Doodle«. Wir packten die Sachen aus dem Lesezimmer zusammen.

Die Hitze wurde immer schlimmer. Die Lichtung war still und der Wald knackte vor Trockenheit. Die Zikaden schwiegen. Sogar für die Insekten war es zu heiß.

Abends aßen wir fast nur Sachen aus Dosen. Wir sprachen über Leute mit komischen Namen, Leute, deren Name zu ihrer Arbeit passt, und wie Namen das Leben beeinflussen können. Rob kannte einen Mann namens Hacker, der Computer reparierte. Tibor sagte, er kenne einen Küster von der Elfenbeinküste, der Elfen das Bein küsste.

Es wurde früh dunkel. Eigenartig dunkel. Gespenstisch dunkel! Und der Fluss wurde schwarz. Sue schickte uns ins Kunst-Kabinett und zum Zähneputzen. Donna drängte Frank, endlich schlafen zu gehen, weil er den ganzen heißen Tag lang rumgepest war wie eine Dampflok. Frank hat es immer schwer. Meistens hält er ganz gut mit uns mit, aber er ist eben jünger, und wenn er müde ist, dann steht er echt kurz vor dem Kollaps.

Also versprachen wir Donna, dass wir uns wenigstens hinlegen und ganz leise Scharade oder Ähnliches spielen wollten. Aber bei der Hitze war ein Schlafsack nun nicht gerade etwas, wonach man sich sehnte.

Wir putzten uns die Zähne, als ein plötzlicher Windstoß Blätter über uns regnen ließ. Plopp! Plopp! Plopp – weinbeerengroße Regentropfen platschten auf den Boden. Steine verwandelten sich in gefleckte Eier.

Dann ein blendender Blitz!

KRRRAAACCCCHHH!

Noch nie im Leben habe ich solch einen Schrecken bekommen! Ich hab mir fast die Zahnbürste durch die Backe gejagt.

Der Donner grollte durch meine Knochen und durch meinen Magen. Der Boden wackelte. Wir duckten uns und kreischten!

Plötzlich schüttete es wie aus Kübeln und alle rannten los. Eine Windböe packte uns und rüttelte an den Zelten. Mama,

Papa und Sue, in Handtücher gehüllt, warfen Dinge in die Autos. Mr. Nic hatte einen Schirm aufgespannt und deckte seinen Holzstapel ab.
»Ins Zelt mit euch!«, schrie Mama.
»Und berührt auf keinen Fall die Zeltwände!«, brüllte Rob.
»Ich habe mir den Mund nicht ausgespült!«, jammerte Cass. Die Zahnpasta auf ihrem T-Shirt sah aus wie Möwenschiss.

KRRRAAACCCCHHH!

Wir kreischten wieder. Ein ohrenbetäubender Schlag und ein Krachen, als ein Baum zersplitterte.
»Das war nah!«, schrie Rob.

KRRRAAACCCCHHH!

»Das ist ein toller Sturm!« Zevs Gesicht erstrahlte im Licht des Blitzes, er hatte die Augen weit aufgerissen, als hätte er magische Kräfte, die all das verursachten. Ich hatte entsetzliche Angst wegen seiner elektrischen Haare. Vielleicht zogen die ja Blitze an, also sagte ich ihm, er solle seinen Sonnenhut aufsetzen.
Wenn der Sturm am wuchtigen Zirkuszelt rüttelte, zitterte es wie Wackelpudding. Danielle schlüpfte in ihren Schlafsack und zog den Reißverschluss so weit hoch, bis sie fast keine Luft mehr bekam, dann machte sie ihn gerade so weit auf, dass sie ihre Nase rausstecken konnte. Wir waren keine

kleinen Kinder. Wir weinten nicht. Wir machten mutig Witze und quietschten, als spielten wir nur, dass wir Angst haben, dabei fürchteten wir uns wirklich. Bei dem Sturm hätte jeder Angst gehabt.

»Alles klar, Kinder?«, schrie Papa über das Brausen des Regens hinweg.

»Ich wollte gerade einschlafen … War da irgendein Krach oder was?«, rief Danielle.

KRRAACCCHHH!

»AAAAAAAAAAAAAHHHHHHHHHHH!«, machten wir Kinder.

»Das war Klasse!«, schrie Papa.

Ich rechnete fest damit, dass unsere Skelette aufleuchten würden wie in einem Comic. Zu Hause, wo man vier dicke Wände um sich hat und einen Blitzableiter auf dem Dach, sind Gewitter nicht so schlimm. Man guckt aus dem Fenster und sieht es sich an. Es ist aufregend, aber damit hat sich's.

Das hier war Wetter pur. Zwischen ihm und uns gab es nur die flatternden Zeltwände und unsere Schlafsäcke. Alles wirbelte, klapperte, kugelte in den wilden, brüllenden Windstößen herum. Cass quetschte sich zu Danielle in den Schlafsack. Frank hängte sich an mich wie ein verängstigter kleiner Affe.

KRRRAAACCCCHHH!

Das klang, als wäre ein Stück Himmel abgebrochen! Ehrlich, man konnte spüren, wie die Erde bebte! Wie zitternde Sardinen rückten wir alle im Dunkeln zusammen und warteten auf den nächsten blauweißen Blitz.

Plötzlich versuchte jemand, unser Zelt aufzureißen. Wir schrien. Es japste. Brikett! Frank zog den Reißverschluss ein klein wenig auf und schon fuhr eine schwarze Kanonenkugel schnurstracks in Zevs Schlafsack.

»Ihhh! Hau ab, du nasser Sack!«

Danielle und Cass wickelten Brikett in ein Handtuch und quetschten sie irgendwie zwischen sich.

»Sie zittert total!«

KRRRAAACCCCHHH!

Brikett strampelte und winselte.

»Au! Sie hat mich gekratzt!«

KRRRAAACCCCHHH!

Der Donner entfernte sich ein wenig.

»Es geht weg!«

»Was ist mit Kippe?«, sagte Zev plötzlich.

»Er hat kein Zelt.«

»Der hat aber auch Pech!«

»Stellt euch mal vor, bei so was ganz alleine zu sein. O je, da hätte ich Angst. Aber Kippe ist wahrscheinlich mutig.«

»Vielleicht schläft er und merkt's gar nicht.«

»Das ist doch nicht dein Ernst. Nicht einmal Kippe könnte bei so was schlafen.«

KRRRAAACCCCHHH!

»Was machen wir, wenn er morgen nicht da ist?«
Einen Moment lang sagte niemand etwas.
»Oh, ich wünschte, ich wäre ein Häschen in einem gemütlichen warmen Bau.«
»Dann würde das Wasser reinströmen und du würdest ertrinken.«
»Passiert das mit Kaninchen?«
»Ein Kaninchenbau hat keine kleinen wasserdichten Türen.«
»Und was macht man als Vogel?«
»Den Kopf unter die Flügel stecken und sich gut festhalten.«
»Stellt euch vor, ihr wärt ein Seemann. Auf dem Meer. Das wäre das Allerschlimmste. Nirgends ein sicherer Platz, nur Wasser.«
»Ohhhh, ich muss aufs Klo!«, sagte Cass.

KRRRAAACCCHHH!

»Nein, ich muss doch nicht!«
»Ob die Blitzbäume oben am Kamm wieder getroffen worden sind? Ich wette, der alte Jim sitzt auf seiner Veranda und genießt das Feuerwerk.«

»Jetzt können sie jedenfalls keinen Bulldozer hier hereinbringen. Der Schlucht kann erst mal nichts passieren.«
»Hallo, ihr da drinnen!« Rob und Papa gingen herum und guckten, ob alles in Ordnung war.
»Wir haben Angst!«, sagten wir.
»Wir auch!«
Der Donner rumpelte wie ein rollendes Fass in die Berge hinaus. Wir zählten die Sekunden zwischen dem Blitz und dem folgenden Donner. Die Abstände wurden immer größer. Wir zogen die Reißverschlüsse unserer Schlafsäcke hoch, weil die Temperatur gefallen war, und lauschten im Liegen dem prasselnden Regen. Niemand sagte etwas. Und dann schliefen wir nacheinander ein.

24 Nach dem Gewitter

Als wir aufwachten, war der Tag grau und es fiel ein sanfter Regen. Äste waren abgebrochen, und überall lagen Zweige und Blätter verstreut, als hätte jemand den Wald auf den Kopf gestellt und ihn wütend hin und her geschüttelt, wie ein Terrier eine Ratte. Der Boden war wie ein nasser Schwamm. Wenn man den Fuß darauf stellte, quatschte Wasser heraus.

Der Regen fiel gerade runter, ein ganz gewöhnlicher Dauerregen. Er klang wie ein nicht enden wollender Seufzer.
»Haben alle die Nacht gut überstanden?«, rief Rob.
»Wir nicht!«, brüllte Danielle.
»Jemand nass geworden?«, schrie Papa.
»Ich bin patschgenasst!«, schrie Cass. »Mein Schlafsack war an der Zeltwand.«
»Ist euch kalt?«, rief Mama.
»Nein.«
»Wo ist Brikett?«, schrie Donna.
»Hier!«, riefen wir im Chor.
»Gibt es Frühstück im Bett?«, schrie Tibor.
»Nur für Donna!«, rief Rob.
»Donna, wie geht's euch beiden?«, rief Papa.
»Uns geht's gut, aber ganz in der Nähe ist ein Baum zu Streichhölzern zersplittert.«

»Ja. Was für ein gewaltiges Gewitter! So viel Feuerwerk und alles kostenlos!«
Rob zog seinen alten Regenmantel und die Turnschuhe an und platschte draußen herum, um zu überprüfen, ob alles in Ordnung war. *»Ich liebe sonnenverbranntes Land …* Es ist eigentlich überhaupt nicht kalt.« Dann brüllte er aus etwas größerer Entfernung: »Mein GOTT!«
»Was ist denn?«
»Der Fluss! Das ist ja nicht zu fassen!«
Das brachte uns in Bewegung. Wir sprangen wie der Blitz in unser Badezeug und in die Sandalen und spritzten nach draußen.
»BOAH!«
Unsere friedliche Bucht hatte sich in einen tosenden Strom verwandelt. Wie eine kräftige braune Schlange biss er in die Uferböschungen. Äste und Erdklumpen und Geröll trieben in der Strömung und schwappten gegen die Regierungsfelsen. Der Steinstrand war verschwunden, die Vogel-Igitt-Insel war verschwunden, das Seil über dem Fluss, unsere Bilder und die Ladengalerie lagen tief unter dem wirbelnden Wasser.
»Wie die versunkene Stadt Atlantis«, sagte Zev.
Überall flossen kleine Bäche und liefen in den großen Strom. Durch Mr. Nics Brennholzstapel plätscherte ein Mini-Bach, aber die Abdeckung war immer noch drauf.
»Nur die Sachen in den Zelten, in den Autos und Mr. Nics Holzscheite sind trocken geblieben«, sagte Frank.
Rob kam von der Furt zurückgeplatscht.

»Wir sind eingeschlossen! Wir sind völlig eingeschlossen! Ich hoffe nur, die Furt taucht wieder auf, wenn der Fluss abschwillt.«
Ich war überglücklich. Meine Angst um die Schlucht war verflogen, und das fühlte sich ungefähr so an, wie wenn man eine Hausaufgabe nicht geschafft hat, in die Schule geht und dann erfährt, dass der Lehrer krank ist.
Der Regen wurde wieder kräftiger, also verkrochen wir uns in unser Zirkuszelt. Cass flitzte mit dem Regenschirm zum Kunst-Kabinett.
»Das war gar nicht so einfach!«, rief sie. »Außerdem ist das Klopapier aufgeweicht.«
Sie brachte es mit ins Zelt.
»Wenn es aufhört zu regnen, dann rollen wir es über den Büschen aus, damit es trocknet«, sagte Frank, aber Cass war schon dabei, kleine Stücke abzureißen, um daraus Pappmaché-Tiere zu formen.

25 Baby Wassermelone

Stellt euch darauf ein, dass es jetzt ein bisschen poetisch wird, denn ich habe alles noch glasklar vor Augen, und wenn ich die Geschichte erzählen soll, dann kann sie nur so erzählt werden.

Und ihr werdet bestimmt staunen über das, was jetzt passiert, aber uns ging das ganz genau so. Außerdem ist die Geschichte ziemlich blutrünstig.

Den ganzen Morgen preschte Regen über die Berge. Der Himmel war grau, alles zugezogen. Auch wir hatten alles zugezogen und spielten Karten im Zirkuszelt: Klitschen, Elfer Raus, Blanke Nase und das gute alte Löffelspiel. Mr. Nic hat beim Löffelspiel mitgemacht, aber er war ein hoffnungsloser Fall. Wir wussten, dass er als Erster rausfliegen würde, weil er auf einem Hocker saß und gar nicht an die Löffel rankam. Manchmal lasen Zev und ich.

Sogar Danielle freute sich, als Kippe an den Sprechenden Felsen auftauchte. Er trug eine schmuddelige, graue Zeltplane um die Schultern. Seine langen, nassen Haare klebten ihm am Kopf und er sah mehr denn je wie ein Höhlenmensch aus.

»Hast du das Gewitter gut überstanden?«, rief Zev.

»Bin ein bisschen nass geworden!« Aber er klang nicht unglücklich. »Wie geht's Donna?« Er fragte noch nicht mal, ob er sie sprechen könnte.

Das Essen hinüberzuwerfen war gefährlich, denn der Sprechende Felsen war auf unserer Seite zu einer schlüpfrigen Insel geworden und Zev musste auf ihn draufspringen. Ich warf ihm den Behälter zu, und er warf ihn zu Kippe rüber, der zum Dank winkte.

Die Erwachsenen zogen zu uns ins Zirkuszelt, weil es der einzige trockene Ort war, an dem man bequem stehen konnte. Sie saßen neben dem Eingang und unterhielten sich, tranken Tee, lasen und schauten zu, wie die Regenschauer herabfielen.

Nicht lange nach dem Morgentee fuhr Donna plötzlich wie aus heiterem Himmel hoch und quiekte, als wäre ihr was ganz Wichtiges eingefallen. Mit diesem kleinen Quiekser fing alles an.

»Was? Was ist los?«

»Wir kriegen Zuwachs!«

»Über den Fluss kommt niemand rüber«, sagte Rob in vollkommen sachlichem Ton und blätterte eine Seite um. »Also kannst du dir solche Hirngespinste sparen.«

»*Mann*!« Mr. Nic verstand blitzschnell. Ihr hättet sein Gesicht sehen sollen! Leichenblass!

»Heiliger Bimbam!«, sagte Rob und sprang auf.

Mama schnappte nach Luft. »Bist du sicher?«

»Absolut!«, sagte Donna und biss sich auf die Unterlippe wie ein ungezogenes kleines Kind, dem etwas verboten wurde und das es trotzdem getan hat.

Die Eltern waren wie vor den Kopf geschlagen. Wir hörten auf zu spielen.

»Ich habe schon seit kurz vor Sonnenaufgang Wehen, so ganz kleine, freundliche ›Hallo‹-Wehen, und ich *dachte*, es wären Vorwehen, aber ... gerade eben ...« Sie deutete auf ihr rechtes Bein. Dort tropfte eine klare Flüssigkeit hinunter und lief an ihrer Ferse zu einer kleinen Pfütze zusammen. »Mein Fruchtwasser läuft aus.«

»Was?«, fragte Cass. »Was für Fruchtwasser?«

»Was? Was ist los?«, fragte Frank.

»Kann uns mal jemand sagen, was hier los ist?«, fragte Danielle.

»Ich kriege mein Kind«, sagte Donna ruhig. »Und zwar hier.«

»Oh, mein Gott!« Rob umarmte sie. »Wir können dich unmöglich über den Fluss bringen. Wir würden auf dem Weg stecken bleiben, und selbst wenn wir zur Straße kämen, dann wären es immer noch zwanzig Kilometer bis zur Stadt.«

»Was?«, fragte Frank. »Kriegst du das Baby *jetzt gleich*?«

»Nicht in diesem Moment. Es wird schon noch ein paar Stunden dauern«, sagte Sue. Wenigstens eine redete mit uns! »Aber es geht schon los mit der Geburt. Das Fruchtwasser ist die Flüssigkeit, in der das Baby die ganzen Monate geschwommen ist.«

»Könnten wir einen Arzt oder eine Hebamme holen?«, fragte Tibor.

Papa schüttelte den Kopf. »Wir sind von der Außenwelt ab-

geschnitten! Vollkommen. Auf einer einsamen Insel gestrandet. Rob hat heute Morgen noch mal sein Handy probiert. Nichts. Wir könnten genauso gut auf dem Mond sein.«
»Das Gewitter war's, Donna!«, sagte Sue. »Der plötzliche Abfall des Luftdrucks hat das ausgelöst.«
»Es ist eine ganz natürliche Angelegenheit!«, sagte Donna fröhlich, so als hätte sie nur so besorgt getan, damit die anderen mit ihr zufrieden waren. »Auf der ganzen Welt kommen Kinder an den unmöglichsten Orten zur Welt. Ich hätte das Baby zu Hause kriegen können. Und hier ist es immer noch besser als auf der Rückbank eines Taxis, meint ihr nicht auch?«
»Du hast keine Wahl«, sagte Rob.
So ging es also los und Donna hielt alle bei Laune. Wir Kinder hatten keine Ahnung, was geschehen würde, aber wir fanden das alles sehr aufregend.
»Hast du Hunger, Donna?«, fragte Mama.
»Ja. Ich sag dir, was ich gerne hätte: Makkaroni und saure Gurken und eine Tasse Tee mit Zucker.«
»Du nimmst doch *nie* Zucker!«, sagte Rob.
»Heute schon«, sagte Donna.
Es gab ein frühes Mittagessen – Dosensuppen, Zwei-Minuten-Nudeln, irgendwas aus irgendwelchen Päckchen. Niemand war so richtig bei der Sache.
»Die Geburt verläuft sanfter, wenn die Mutter Selbstvertrauen hat und sich entspannen kann«, las Rob aus dem Baby-Buch vor.
»Schön«, sagte Donna.

»Tibor, gib uns deine Uhr, damit wir die Abstände der Wehen verfolgen können«, sagte Rob.

»Lasst mich das mit den Wehen mal erklären!«, sagte Sue zu uns Kindern und holte tief Luft. »Also, das ist so: Baby Wassermelone ist da drinnen und will raus. Aber das Loch, dass Donna unten zwischen den Beinen hat, muss erst mal groß genug werden, damit das Baby rauskann …«

Danielle kicherte.

»Sei still!«, sagte Frank.

»Gut«, sagte Sue. »Donnas Bauchmuskeln müssen dieses Loch weiter machen. Und wenn sie das tun, dann ist das eine Wehe. Nach einer Weile, nach vielen Wehen, ist das Loch groß genug, dass der Kopf des Babys durchschlüpfen kann.«

Dann war Mama dran. »Wehen fühlen sich an wie kräftige Wellen im Körper. Sie bauen sich auf und laufen aus, bauen sich auf und laufen aus. Man kann sie nicht kontrollieren, die kommen einfach. Sie werden immer stärker, die Zeit von einer bis zur nächsten wird immer kürzer, bis die Wehen schließlich das Baby in die Welt hinausstoßen.«

»Und sie tun immer mehr weh«, sagte Donna.

Mr. Nic sagte: »Ich geh mal und guck nach dem Feuer«, was ausgesprochen merkwürdig klang, weil es doch gar kein Feuer gab.

Mama, Sue und Donna versuchten sich an alles zu erinnern, was sie noch von der Geburt ihrer Kinder – das waren wir! – wussten. Und Rob las im Baby-Handbuch.

»Wir brauchen saubere, warme Handtücher, um den kleinen

Körper darin einzuwickeln, wenn er rauskommt!«, sagte Sue und ging zu einem praktischen Thema über.
»Wir haben keine sauberen Handtücher«, sagte Mama und verzog ihr Gesicht. »Wir haben überhaupt nichts Sauberes. An allen Sachen klebt der Schmutz von einer Woche.«
»Ich geh mal Mr. Nic fragen«, sagte Cass und schoss aus dem Zelt. Mr. Nic, unser zuverlässiger Rettungsanker. Er hatte noch ein unbenutztes Handtuch und in einer Plastiktüte ein sauberes weißes Hemd. »Für den Fall, dass ich mal schick aussehen muss.«
»Mein neues T-Shirt mit den Tokyo Shock Boys drauf liegt noch sauber ganz unten in meiner Tasche«, sagte Zev.
»Kinder, wir wollen, dass ihr Donna das Zirkuszelt überlasst, weil da mehr Platz ist, wenn sie herumgehen will«, sagte Papa. »Wir müssen es ihr hier so bequem und angenehm wie möglich machen.«
»Ich möchte meinen Stuhl, mein Kissen und unsere Luftmatratze«, sagte Donna. »Heute bin ich Gräfin Rotz.«
Zum Glück hatte es aufgehört zu regnen. Wir stopften unsere Sachen in die Taschen und stellten sie in die Autos und das übrige Zeug in Donnas und Robs gelbes Zelt.
Mr. Nic war an der Feuerstelle und versuchte ein Feuer in Gang zu bringen. »Ich kenn mich mit so was nicht besonders gut aus«, sagte er und sein Kinn zitterte.
Wir standen einfach da. Uns fiel nichts ein, was wir hätten sagen können. Der ewig fröhliche Mr. Nic schniefte und blinzelte.
»Ich muss das Feuer ankriegen.« Dann knüllte er emsig

Papier zusammen und knackte Zweige. »Mich hat das an früher erinnert, das ist alles. Ja. Ich habe mich erinnert. Wir haben uns Kinder gewünscht. Gott, wie sehr haben wir uns Kinder gewünscht.« Er wischte sich mit seinem Hemdzipfel über die Augen und verdoppelte seine Anstrengungen. »Muss das Feuer ankriegen.«

Der arme, arme Mr. Nic. Bis jetzt hatten wir ihn nur als den guten alten, immer fröhlichen Mr. Nic gekannt. Wir wussten, dass er eine Frau gehabt hatte, die vor langer Zeit gestorben war. Vielleicht mochte er deswegen Kinder und Tiere und Vögel so sehr.

»Ich hab eine Aufgabe für euch.« Rob kam mit Brikett im Schlepptau zu uns. »Haltet uns Brikett vom Leib. Die soll heute nicht um uns rumwuseln.«

Natürlich wusste Brikett sofort, wo sie nicht erwünscht war, und von da an war es ihr innigster Wunsch, ins Zirkuszelt zu gelangen und, wenn möglich, auf Donna zu sitzen. Aus Brikett wurde »der Hund«, also: »Schafft den Hund aus dem Weg!«

Abgesehen davon, dass wir Brikett rumkommandierten, gab es für uns Kinder nicht viel zu tun. Zwischen einzelnen Regenschauern gingen wir zum Flussufer, wo wir den Wasserstand mit Stöcken markierten, um zu sehen, ob das Wasser immer noch anstieg. Das war wirklich der Fall – wenigstens ein bisschen.

Ab und zu gingen wir Donna besuchen. Das Zirkuszelt war völlig umgestaltet worden. Wir mussten unsere Sandalen ausziehen, wenn wir reingingen. Der Teppich war gefegt

worden und leuchtete wieder. Die große blaue Bodenplane war mit Desinfektionszeug geschrubbt worden und lag nun mit einem Laken drüber über Robs und Donnas Luxus-Luftmatratze und darauf ballten sich jede Menge Kissen.
Donna hatte stundenlang Wehen. Sue war ruhig und sicher. Sie war die Einzige, die einen Erste-Hilfe-Kurs gemacht hatte. Sie nahm die Ringe von ihren zarten Händen, und wenn Sue das tut, dann ist es wirklich ernst. Mama, die stille Tüchtige, war ihre Assistentin.
Papa kochte kannenweise Tee und reichte Kekse herum.
Tibor sagte: »Bitte ruft mich, wenn ich was helfen kann.« Er wusch Wäsche und hängte Wäscheleinen am Feuer auf, und als ihm nichts Besseres mehr einfiel, setzte er sich ins Auto und las.
Einmal, als ich Sue und Mama beobachtete, sah ich, dass sie sich einen besorgten Blick zuwarfen. Das war der Moment, in dem ich es mit der Angst zu tun bekam. Eine nagende, drängende Angst. Eine Angst, die wir miteinander teilten, als wären wir eine Sippe – die Stellastraßen-Sippe.
Ich weiß nicht, was die Erwachsenen zu der Zeit dachten, aber ich hatte viele Bücher gelesen und Filme gesehen, in denen Mütter starben, wenn Babys geboren wurden. Aber man erfährt nie, woran es gelegen hat. Immer kommt der Arzt aus dem Krankenzimmer, trocknet sich die Hände ab und sagt mit einem traurigen Ausdruck im Gesicht: »Ich fürchte, es war zu spät.«
Dann fragt der Vater: »Und das Baby …?«
Und dann kommt die Krankenschwester mit einem Bündel

im Arm und sagt: »Ihr wunderschöner Sohn, Mr. Soundso.«

Im Laufe des Tages wurde aus der Angst ein dumpfer, ständiger Begleiter, der nicht wich. Wir alle nahmen Anteil an der Gefahr, die für zwei der kostbarsten Menschenleben dieser Welt – jedenfalls waren sie das für uns – bestand. Cass schob sich das Herz des Flusses in ihre Tasche, weil das sicherlich Glück bringen würde.

Es war ein sehr, sehr langer Tag. Brikett wurde wahnsinnig unruhig, weil sie nicht mehr rumrennen durfte. Manchmal beschäftigten wir uns für eine halbe Stunde mit Malen oder so etwas und vergaßen, was um uns herum geschah. Dann fiel es uns wieder ein.

Mr. Nic blieb am Feuer. Ich weiß nicht, was in ihm vorging, aber jedenfalls war er ausgiebig mit dem Feuer beschäftigt. Tibors Wäscheleinen und Ständer hingen voller Wäsche, und Mr. Nic drehte dauernd alles herum, als hinge sein Leben davon ab, dass alles rechtzeitig trocknete.

»Wann kommt das Baby?«, fragte Frank.

»Es dauert sehr lange«, sagte Mama. »Warum malt ihr Donna nicht ein paar Bilder?«

Also quetschten wir uns ins gelbe Zelt und machten uns an die Arbeit, schmerzstillende Bilder zu malen.

»Denkt dran, sie mag leuchtende Farben«, sagte Frank.

»Bilder für ein Wildnisbaby«, sagte Zev.

»Ein Gewitterjunge«, sagte ich.

»Ein Gewittermädchen«, sagte Danielle.

»Ein Oktopus«, sagte Cass.

Wir machten wieder einen Besuch bei Donna, aber diesmal hatte sich etwas verändert.
»Aus dem Weg!«, sagte Sue.
Wir drückten uns in eine Ecke des Zeltes und waren mucksmäuschenstill. Die Erwachsenen vergaßen, dass wir da waren. Ich hatte Frank auf meinem Knie sitzen, und als wir Donnas verzerrtes Gesicht sahen und sie wie ein verwundetes Tier stöhnen hörten, ganz tief aus dem Inneren, da dachte ich, er könnte vielleicht weinen, aber er hatte die Augen zugemacht und sich die Finger in die Ohren gestopft. Uns allen war bange zumute.
Donna saß auf ihrem Stuhl. »Ich möchte mich hinhocken!«, sagte sie und stöhnte. »Ich will pressen! O Gott!« Sie hatte sich auf die Knie fallen lassen.
»Ruhig! Ruhig, Donna, Liebe. Lehn dich an uns!« Noch nie habe ich Rob und Papa so fix gesehen.
Donna keuchte und heulte fast und stöhnte.
»Der Kopf! Hecheln, Donna! Hecheln! Hechle wie ein Hund! Lass den Kopf langsam raus«, sagte Sue.
Und endlich, von all ihren Freunden umgeben, brachte Donna ihr Kind zur Welt.
Erst glitt der Kopf heraus, dann die Schultern, dann flutschte der restliche Körper mit einem Schwall der Flüssigkeit heraus, in der er gelegen hatte. Es war ein Junge. Er gab einen kleinen quiekigen Miau-Ton von sich. Rob nahm seinen kleinen Sohn unglaublich zart in seine großen Hände.
Was für ein Wunder, dieses Baby! Wir haben alles gesehen. Es begann sein Leben in der Luft, die uns umgab, in unserer

Welt, bei uns. Die kleinen Finger bewegten sich, die Hände fuhren umher, mit Fingernägeln, die so groß waren wie ein Weizenkorn. Wir sahen sein erstes Blinzeln, seinen ersten Atemzug, hörten seine ersten Laute, seinen ersten Schluckauf, sein erstes Glucksen, sein erstes Schniefen, hörten, wie es das erste Mal die Luft spürte. Es war vollkommen neu. Seine kleinen rosa Würstchenbeine strampelten und seine Wangen blähten sich.

Wir guckten und guckten und konnten uns gar nicht satt sehen. Wir sprachen nur im Flüsterton.

»Ein Ohr ist umgeknickt!«

»Das wird wieder gerade.«

»Die Haare kleben am Kopf.«

Das kleine Baby blinzelte.

»Hallo, Söhnchen!«, sagte Rob.

»Hallo, Brüderchen«, sagte Frank. »Du siehst aus wie ein kleiner rosa Frosch.«

»Guckt euch mal die Nabelschnur an«, flüsterte Cass, »sieht aus wie ein nasses, verdrehtes Seil.« Die Nabelschnur lief vom Bauch des Babys in Donna hinein.

»Das sieht aus wie bei einem Raumfahrer, der mit dem Mutterschiff verbunden ist.«

Wir guckten und guckten uns die Augen aus.

»Wie findet ihr ihn?«, fragte Donna. Sie war so glücklich.

»Er ist wunderschön.«

»Ich werde die Nabelschnur durchschneiden«, sagte Rob.

Meine Schere war für diese ehrenvolle Aufgabe auserkoren und ausgekocht worden.

»Gott, das fühlt sich an wie Gummi«, sagte Rob. »Ein Glück, das es nicht wehtut.«
Rob band die Nabelschnur mit Tibors feinstem Bindfaden zweimal ab, einmal nahe am Bauch des Babys und dann noch mal fünf Zentimeter weiter Richtung Donna.
Schnipp! Er schnitt genau in der Mitte durch.
»Okay! Jetzt bist du auf dich gestellt, mein Kleiner! Und du hast einen Bauchnabel.«

»Klopf, klopf. Ich würde gerne reinkommen, wenn ich darf.« Das war Mr. Nic. »Ich denke, es ist an der Zeit zu gratulieren.« Er streckte Donna einen Strauß junger Gummibaumblätter in einer Ketchup-Flasche entgegen. Er schaute das Baby an. »Also wirklich! Und den habt ihr Wassermelone genannt!«

»Und das ist von uns für das Baby!«, sagte Cass. Sie holte das Herz des Flusses aus ihrer Tasche und gab es Donna. Sie hatte uns nicht gefragt und es war unser bester Schatz, aber das war in Ordnung.

Dann ließ sich Donna wieder auf der großen Luftmatratze nieder und Mama stopfte Kissen um sie herum. Sue legte Donna das kleine Baby auf den Bauch und dann an die Brust, und wisst ihr was? Der kleine Gierhals fing an zu trinken! Sofort!

»Er ist larvenmäßig!«, sagte Cass.

»Er ist perfekt«, sagte Donna.

26 Etwas stimmt nicht

Jetzt folgt eine wichtige Information. Wahrscheinlich denkt ihr, wenn eine Frau ein Baby gekriegt hat, dann war's das. Aber nein! Sie hat außer dem Baby noch eine Plazenta.

Wir waren alle vollkommen verrückt, nachdem das Baby geboren war. Wir lachten und alberten herum. Donna war immer sicher gewesen, dass es ein Junge werden würde, also war das eigentlich keine Überraschung.

Es mochte etwa eine Dreiviertelstunde später sein, als Sue sagte: »Die Plazenta ist immer noch nicht draußen.«

Und bevor Frank wieder eine seiner berühmten Fragen stellen konnte, erklärte Sue: »Von der Plazenta kriegt das Baby Sauerstoff und Nahrung, während es in der Gebärmutter wächst.«

Und dann erinnerten sich alle Mütter daran, dass die Plazenta ziemlich bald nach der Geburt ihrer Babys rausgekommen war.

»Sie ist immer noch drin.«

»Was können wir machen?«

Donna war erschöpft. Ihr blasses Gesicht verzog sich zu einem schwachen Lächeln. »Mir egal, was ihr tut«, sagte sie, »ich bleibe einfach mit meinem kleinen süßen Baby hier liegen.«

Eigentlich war nichts falsch gelaufen, nur war es noch nicht zu Ende.

»Die Plazenta kommt kurz darauf.« Rob starrte auf die Seite im Buch. »Kurz darauf? Kurz darauf? Was soll das heißen, kurz darauf? Dieses verdammte Buch hilft auch nicht weiter.«

Sue sagte, er solle still sein.

»Wenn jetzt was schief geht, dann könnte sie eine Hämorrhagie bekommen. Wenn sie wirklich anfängt zu bluten …«, murmelte Rob.

»Das darfst du nicht mal denken«, flüsterte Mama.

Also war die Angst wieder da, und das wurde uns endgültig klar, als Papa sagte: »Wie wär's, wenn ihr Kinder für eine Weile in euer Zelt geht und ein bisschen lest?«

27 Zevs Idee

Dicht zusammengedrängt saßen wir im gelben Zelt, nörgelten an Brikett rum, die an ihrer Leine knautschte, und fürchteten uns.

»Glaubt ihr, dass Donna ...«

»Wenn du irgendwas sagst, was Frank Angst macht«, zischte ich Danielle zu, »dann zieh ich dir die Haut ab.«

Zev spielte an seinem Walkie-Talkie. »Ich habe eine Idee«, sagte er langsam, »aber da ist ein Haken dran: Wir brauchen Kippe.«

Danielle stöhnte.

»Weiter, Zev. *Weiter!*«

»Wo hat Rob sein Handy?«

»Im Handschuhfach«, sagte Cass. Wie ein Blitz huschte sie aus dem Zelt.

Erstaunlich, wie schnell man wieder Hoffnung schöpfen kann.

»Wir sind hier in einem Tal, also können *wir* kein Signal empfangen, aber ich denke, oben auf dem Kamm funktioniert das Telefon«, sagte Zev. »Über den Fluss kommen wir nicht, aber Kippe ist auf der anderen Seite.«

Atemlos kam Cass zurückgeflitzt. »Hier ist es. Alle sind im Zirkuszelt, außer Mr. Nic. Der ist am Feuer.«

Wir schlichen durch den tropfenden Wald zum Sprechenden Felsen.

»Ach, das klappt doch nie«, sagte Cass. »Der ist bestimmt nicht in der Nähe.«

»*KIIIIPPEEEEE!*«, schrie ich. »*KIIIIPPEEEEE!*«, schrien wir alle. »*KIIIIIIIIIIIIIIIIIPPEEEEE!*«

Zu unserer Überraschung kam Kippe fast unmittelbar danach aus dem Wald und war immer noch in die löchrige Zeltplane gewickelt. Noch nie hatte ich mich so gefreut, diese zerlumpte Gestalt zu sehen.

»Er hat uns beobachtet!«, zischte Danielle.

»Warum habt ihr ein so großes Feuer?«, rief er. »Warum ist

der Hund angebunden? Wozu die ganze Aufregung? Was geht bei euch vor?«

»Donna hat ihr Baby gekriegt!«

»Oh, KLASSE!«, sagte er grinsend. »Was ist es denn?«

»Ein Junge.«

»Oh, KLASSE!«

»Aber es gibt ein Problem«, sagte Zev. »Wir brauchen deine Hilfe.«

»Klar doch!«, sagte Kippe.

»Ich werfe dir jetzt das Walkie-Talkie rüber.«

Sofort sah Kippe nicht mehr ganz so sicher aus. Er schaute hinunter auf den braunen Fluss, der zwischen den Felsen hindurchbrauste.

»Stell dir einfach vor, es ist was zu essen. Okay? Fertig. Ich werfe jetzt.«

Zevs Wurf war gut, aber Kippe versagte. Mit einem grässlichen »Klack!« landete das Walkie-Talkie auf dem nassen Felsen und fing an zu rutschen. Kippe kriegte es gerade noch zu fassen und verlor dabei fast das Gleichgewicht. Wenn er ins Wasser gefallen wäre, wäre er garantiert mitgerissen worden. Als ich das »Klack!« hörte, wurde mir wieder übel vor Angst.

Danielle schnaufte hörbar durch ihre zusammengepressten Zähne.

Ich warf ihr den stechendsten Blick zu, den ich je zustande gebracht habe. Sie knurrte mich leise an.

Zev hatte einen entschlossenen Gesichtsausdruck. »Okay, Kippe. Probier's aus. Am Schalter stellt man das Gerät an und zum Sprechen muss man auf den Knopf drücken. Zev an Kippe? Zev an Kippe? Kannst du mich hören?« Zev brüllte in sein Walkie-Talkie. Wir konnten sehen, wie Kippe herumfummelte und lauschte, fummelte und lauschte.

Nichts.

»Zev an Kippe? Zev an Kippe?«

Nichts.

»Du sollst nicht Kippe zu mir sagen!«, brüllte Kippe, total aufgebracht und wütend. »Ich heiße Clay.«

Das war vielleicht eine Überraschung! Ich rutschte fast von meinem Stein. Wir hatten gedacht, er heißt Marcus. Aber alle haben ihn immer Kippe genannt.

»Okay, Clay.« Zev war so was von cool. Wenn er was will,

dann kennt er nichts. Er sagte nie wieder Kippe. »Zev an Clay? Zev an Clay? Zev an Clay? Kannst du mich hören?«

»Nein.«

Ich dachte, das war's mit Zevs großartiger Idee. Die arme Donna war in Gefahr, und niemand wusste, was zu tun war. Ich war wie gelähmt. Aber nicht so Zev.

»Okay, Clay, schmeiß es zurück.«

Vorsichtig warf Kippe. Kippe – Clay. Ich mach's immer noch falsch.

Das schwarze Gerät flog über den Fluss und Zev fing es problemlos auf.

»Prima. Jetzt werfe ich das andere Walkie-Talkie rüber, okay, Clay?«

»Ja.«

Clay machte sich bereit, er stellte die Füße auseinander und streckte die Hände aus, wie ein Kind, das gerade fangen lernt. Zev warf. Clay hielt das Walkie-Talkie hoch und grinste: »Hab es!«

»Was soll denn ein einzelnes Walkie-Talkie nützen?«, fragte Danielle.

Zev holte die Batterien aus dem runtergefallenen Walkie-Talkie, holte drei Kämme aus seiner Tasche, steckte seinen Daumen und ein Drahtding ins Batteriefach und strich die Kämme blitzschnell durch seine Haare.

»Zev an Clay? Zev an Clay?«

»Ja. Ich höre dich!«

Selbst von unserer Seite aus konnten wir ein lautes Knacken hören, aber die Felsen waren ja nur sechs Meter auseinander.

Würde es auch über eine größere Entfernung funktionieren? Und wie lange hielt Zevs Strom?

Zev reckte das Handy hoch.

»Clay, jetzt werf ich dir das Handy rüber. Es ist schwer!«

Clay guckte ängstlich, aber er nickte. Er verstand nicht, was das alles sollte. Er folgte einfach Zevs Anweisungen. Cass konnte nicht hinsehen. Es war zu grässlich!

Zev warf. Das Handy schien in Zeitlupe zu fliegen, ja geradezu in der Luft anzuhalten – so wie wir, wenn wir am Seil schwangen. Dann umschloss Kippe das Telefon mit beiden Händen, und das sah aus, als würde er beten.

»*Gut!* Sehr gut, Clay!«

»Klasse, Kippe, Clay, Klippe, Klee! Was auch immer!«, jubelten wir.

Clay machte ein ziemlich erschrockenes Gesicht. Er hatte noch nie ein Handy in der Hand gehabt. Zev erklärte ihm, wie es funktionierte, und Clay wiederholte die Anweisungen.

»Üb das mal ein bisschen!«, schrie Zev.

»Los, Hen, stell deine Uhr auf halb sieben!«, sagte Zev und stellte seine eigene. Nach einigem Hin und Her zeigten beide Uhren dieselbe Zeit.

»Clay, ich werfe dir meine Uhr rüber.«

Ein weiteres Stück feinster Technologie flog über den Fluss.

»Clay!«, rief Zev. »Jetzt *pass auf!* Ich vermute, dass das Telefon ganz oben auf dem Kamm funktioniert. Steig sofort hoch und wähle 000. Das ist der Notruf. Frage nach einem

Arzt oder einer Hebamme. Es ist *dringend*. Sag ihnen, eine Frau hat ein Kind bekommen, aber die Plazenta ist nicht rausgekommen. Frag, was wir tun sollen.«

»Wie heißt das noch mal?«

»Plazenta!«

»Wie lange brauchst du bis nach oben?«, fragte Zev.

»Eine halbe Stunde. Es ist nass. Länger.«

»Clay, es ist wirklich *dringend*. Um sieben rufe ich dich mit meinem Walkie-Talkie, dann kannst du uns sagen, was sie dir am Telefon erklären. Sollten wir zwei keine Verbindung kriegen, dann ruf trotzdem an, komm runter und erzähl es uns hier.«

Zev ging alles noch einmal mit Clay durch. Clay wäre fast die Uhr runtergefallen, als er sie sich umband, aber schließlich war er so weit.

»Viel Glück, Clay!«

Er kletterte vom Felsen herunter und guckte uns einen Augenblick lang an. Dann rannte er in den tropfenden Wald.

»Das klappt nicht!«, sagte Danielle. »Das schafft der nie. Der versaut das total. So was überhaupt zu versuchen, ist schon blöde.«

Niemand antwortete ihr.

»Clay!«, sagte sie verächtlich. »Glaubt ihr, dass der Clay heißt? Ich wette, das hat er sich ausgedacht.«

»Halt doch endlich die Klappe!«, fauchte Cass.

»Es ist eine Chance! Wir müssen einfach hoffen!« Ich kämpfte gegen die Tränen.

»Er schafft es«, sagte Zev.

Ich glaube, ich habe jede einzelne Minute dieser halben Stunde auf meiner Uhr verfolgt.
Wir guckten in das wirbelnde, braune Wasser und überlegten, wie man rüberkommen könnte. Zev dachte an Ärzte und Hubschrauber.
»Noch dreißig Sekunden!«, sagte ich. Zev legte seine Kämme zurecht.
... vier, drei, zwei, eins. Er kämmte wie wild. »Zev an Clay? Zev an Clay? Ende!« Sein Gesicht war angespannt, dann strahlte es plötzlich. »JA! ... KLASSE! ... JA! ... DER BAUCH ... JA!« (Er ackerte wie eine Kamm-Maschine! Ich dachte, seine Haare würden gleich Feuer fangen!) JA! ... ROSA! ... ALLES RAUS ... KLAR! ... JA! .... ZEV AN CLAY? ZEV AN CLAY?«
»Weg«, sagte Zev. »Aber ich hab alles! Sagt nichts! Muss es mir merken.«
In Windeseile rannten wir zum Zirkuszelt.
»Was gibt's?«, knurrte Rob, als wir reinplatzten.
»Hört Zev zu!«, bat ich.
Zev stand da, mit einem etwas albernen Grinsen im Gesicht, und hielt sein Walkie-Talkie hoch. »Keine Angst, die Plazenta wird rauskommen. Sie hat gesagt, ihr sollt den Oberbauch massieren. Das hilft. Und sie sagt, ihr sollt darauf achten, dass wirklich *alles* rauskommt. Das ist sehr wichtig. Es ist alles in Ordnung! Wir brauchen uns keine Sorgen zu machen.«
»Wer sagt das? Wer ist das? Was redest du da?« Sue packte Zev am Arm.

»Eine richtige Hebamme. Jemand ist auf der anderen Seite des Flusses mit dem Handy hoch auf den Kamm gegangen und hat von dort für uns eine Hebamme angerufen. Es ist alles in Ordnung.«
Rob schlang seine kräftigen Arme um Zev und drückte ihn beinahe platt.
»Wer hat angerufen?«, fragte Papa erstaunt.
»Erzählt uns das später.« Sue fing an, Donnas Bauch zu massieren.
Donna stöhnte, dann, als hätte sie auf diese eine letzte Wehe gewartet, rutschte die rote, schwammige, nasse, weiche Plazenta aus Donna heraus.
»Und wer war das nun, der mit dem Telefon hoch auf den Kamm ist?«, fragte Tibor ein wenig später.
»Kippe.«
»Das ist doch nicht euer *Ernst*!«, sagte Donna. »Der ist hier?«
»Bloß heißt er jetzt Clay«, sagte Cass.
»Das sind vielleicht Ferien«, sagte Mama. »Eine verrückte Geschichte nach der anderen.«
»Und er hat mit einer *Hebamme* gesprochen?«, fragte Donna. »Mit einem *Handy*?«
»Ja.«
Und nun kam die ganze Geschichte mit Kippe und dem Essen und den Sprechenden Felsen raus.
Donna lächelte und schüttelte immer wieder staunend den Kopf. »Das ist ein zäher Typ!«
Wir liefen mehrmals zu den Sprechenden Felsen, um Kippe

– Clay – die guten Nachrichten zu übermitteln, aber er tauchte nicht auf. Dann war es dunkel.

Eine kleine Weile später gluckste das Baby und gab ein kleines schniefendes Geräusch von sich, Donnas Kinn begann zu zittern und dann fing sie an zu weinen. Vor Glück oder vor Erleichterung oder vor Sorgen? Ehrlich, ich wusste nicht, was es war, aber wir fingen alle an zu heulen.

Wenn uns jetzt jemand gesehen hätte, der hätte gedacht, wir wären ein Stamm heulender Verrückter. Sogar PAPA heulte! Wir schluchzten und schnieften und lachten und putzten uns die Nasen. Sue liefen die Tränen die Wangen runter. Rob küsste und umarmte Mama und wischte sich die Tränen an Mamas Rock ab. Mr. Nics Brillengläser beschlugen. Brikett, die immer noch an der Biegung des Flusses war, wo wir sie angebunden hatten, hörte die merkwürdigen Geräusche und fing an zu heulen und dann heulten wir noch mehr! Es war unglaublich.

»Wer möchte Tee?«, fragte Papa zum zweihundertsten Mal. Ringsum tiefe Atemzüge. Die Tränenströme versiegten, ein bisschen albern fühlten wir uns, aber glücklich, und wir wischten uns die Tränen aus dem Gesicht.

Wenn wir jetzt die Geschichte von der Geburt erzählen, dann sagen wir am Schluss immer: »Und dann haben wir alle wunderschön geheult!«

Also kochte Papa den letzten Tee des Tages und reichte dazu eine Familienpackung Kekse herum und wir Kinder rührten haufenweise Milchpulver und Kakao zu einem dicken Pamps zusammen und gossen heißes Wasser drauf. Dann saßen wir wie die Schäfer und die Heiligen Drei Könige um Maria und Jesus und Joseph im Zirkuszelt. Und Frank schmuggelte Brikett herein.

Dann warfen wir einen letzten Blick auf das Baby. Unser Baby.

Schließlich trippelten wir ganz leise und höflich auf Zehenspitzen hinaus und ließen die kleine Familie alleine. Tibor ging als Letzter, dabei vergaß er, die Zeltplane zuzuklappen.

Da rief Rob ihm hinterher: »He! Bist du in einem Zelt geboren?«

Der Satz bringt uns heute noch zum Lachen.

28 Der Tag dazwischen

Wir schliefen tief und fest. Wir waren voll-kom-men erschöpft. Ich verpasste sogar den morgendlichen Vogelchor.
Der Tag war klar und mild, es wehte eine leichte Brise. Nach dem Sturm und dem Geburts-Tag wirkte alles hell und friedlich und ruhig. Solche Tage scheinen sich über das Leben der Menschen lustig zu machen. Im Krieg, nach einer Schlacht, wenn Freunde gestorben sind, würde ein wunderschöner Morgen wie dieser so unfair sein. Was für ein grausamer Tag wäre dies gewesen, wenn mit dem Baby etwas passiert wäre. Ich weiß nicht, warum ich an so etwas denken musste. Es war einfach so.
Aber das kleine Baby, das in Zevs Tokyo-Shock-Boys-T-Shirt gewickelt war, schlief fest in dem Ananas-Karton, in dem Sue das Essen transportiert hatte. Der Kleine passte so gut da rein, dass Donna ihn sofort »Meine kleine Ananas« nannte.
»Der schläft viel«, sagte Frank.
»Wenn du das gerade hinter dir hättest, was der hinter sich hat, würdest du das auch«, sagte Donna.
»Der hat einen Geburts-Kater«, sagte Danielle.
»Baby Ananas, geboren am Warrangalla«, sagte Papa, als würde er aus einer Zeitung vorlesen. »Mutter und Kind wohlauf.«

Die große Überraschung erlebten wir, als wir Clay sein Essen bringen wollten. Dort, auf seinem Sprechenden Felsen, lag ein STEIN! Und daneben, in einer Plastiktüte, das Telefon, das Walkie-Talkie und die Uhr.
»Hipp hipp hurra!«, schrie Danielle. »Er ist weg!«
»Danielle, du undankbares kleines Miststück«, brüllte ich sie an. »Er war *Klasse*! Er hat das mit der Plazenta rausgekriegt.«
»Die wäre so oder so rausgekommen!«, sagte sie.

Allmählich fiel der Flusspegel. Wir behielten ihn im Auge und markierten ihn jede Stunde am Flussufer. Als der Steinstrand wieder auftauchte, räumten wir ihn auf. Abgefallene Zweige hatten sich zusammen mit Farnwedeln und Gras und Stöcken zwischen den Steinen verfangen. Wir wollten noch einmal schwimmen gehen, bevor wir abreisten.
Die Mutter und ihr kleines Baby schliefen die meiste Zeit des Tages. Die anderen liefen ein paar Mal den Weg bis zur Furt, um nachzusehen, ob sie schon passierbar war. Bald war sie es – der Fluss schwoll so schnell ab, wie er angeschwollen war.
»Wir können aufbrechen, sobald Donna sich kräftig genug fühlt«, sagte Rob.
Später brachten Sue und Mama Donna stromabwärts an eine Stelle zwischen den Felsen, wo sie sich waschen und frische Sachen anziehen konnte. Die beiden waren ihre Zofen, solche, wie man sie auf großen Ölgemälden von Göttern und Göttinnen sieht.

Es war ein stiller Tag. Brikett hatte wieder ihre Freiheit und Zev einen kamm-wunden Kopf.

Die Stellastraßen-Sippe redete übers Packen und Aufbrechen, über die Gefahr, im Schlamm stecken zu bleiben, über frische Lebensmittel, Fernsehen, Kino und Zeitungen. Mama und Papa packten schon mal einige Kisten. Unsere Gedanken spazierten Richtung Heimat.

Ich wusste, dass Rob und Donna lieber irgendwo sein wollten, wo es leichter war, den kleinen Jungen zu versorgen. Wir alle wollten aufbrechen, aber was war mit der Schlucht? Das Baby war wichtiger geworden als der Wimmerwuchsbaum, obwohl das eigentlich nicht miteinander vergleichbar war. Und ich weiß, dass es vollkommen unsinnig war, aber irgendwie hatte ich das Gefühl, Donna hätte die Schlucht im Stich gelassen.

Meine Angst um den Wimmerwuchsbaum kam wieder angekrochen. Was würde geschehen, wenn wir weg waren? Ich lag auf meiner Luftmatratze und machte mir Sorgen.

In der Nacht hatte ich einen Alptraum. Die Sonne war unser Feind geworden, aber das konnte ich den anderen nicht verständlich machen. Ich rief und schrie, weil ich alle warnen wollte, dass die Sonne böse war.

Davon wachte ich auf. Dann musste ich an die Schlucht denken und ich fing leise an zu weinen. Ich weinte mich in den Schlaf, wobei ich drauf achtete, meinen Schlafsack nicht nass zu machen. Seht ihr, selbst wenn es mir total dreckig geht, bin ich noch vernünftig!

29 Platsch!

Alle anderen schliefen noch. Cass schniefte manchmal. Ich wusste, dass dies der Tag unserer Abreise war. Ich sagte mir: »Ich bin fast zwölf Jahre alt und ich komme dieses Jahr auf die Oberschule und ich werde mich von der Baumgeschichte nicht verrückt machen lassen.«

Dann, als es heller wurde und die Sonne golden durch die Bäume schimmerte und die Vögel ihren Morgenchor anstimmten, wurde aus meiner Angst Entschlossenheit. Sobald wir zu einem Telefon kämen, würde ich den Premierminister, die Gesellschaft zum Schutz der Wildnis, Greenpeace, die Stiftung zur Bewahrung der Umwelt, die Mitternacht-Ölgesellschaft und die Freunde der Erde anrufen. Bei *irgendeinem* musste während der Weihnachtsferien das Büro besetzt sein.

Dann beschloss ich, dass Rob, Tibor und Papa zum Sägewerk gehen und mit Mattock reden sollten. (Auf Frauen und Kinder würde der bestimmt nicht hören.) Dann würden Papa und Mattock sich streiten. Papa würde sich aufregen und dann würde *wirklich* was geschehen. Ich wusste nicht, was, aber wenn Papa wütend wird …! Das hat Danielle nämlich von ihm. Aber Danielle dürfte nirgends in der Nähe sein, sonst würde Mattock einen Schlaganfall kriegen!

Schon ging es mir besser. Dann ging der Wecker-Vogel los: *Da da da da … da da da da … da da da da …* Ich lachte. Stellt euch vor, ihr müsstet euer ganzes Leben lang ein Wecker-Vogel sein!

Als die anderen aufwachten, wollte ich ihnen von meinem Sonnenalptraum erzählen, an den ich mich ziemlich genau erinnerte, und von meinen Plänen, aber sie waren noch ganz verschlafen und hatten keine Lust zuzuhören.

»Du machst dir zu viele Gedanken«, sagte Danielle.

»Du machst dir nicht genug Gedanken«, fauchte ich.

Ich verzog mich und setzte mich an den Fluss.

Lieber Gott!

Warum merken die nicht, wie wichtig das ist? Machen sich Schriftsteller mehr Gedanken? Würdest du bitte Roald Dahl fragen, ob das stimmt? Ist er dort oben? Ich glaube, der war nicht so einer, der sich ständig Sorgen machte. Wie hat der das nur hingekriegt? Frag ihn. Und frag ihn, was er wegen der Schlucht unternehmen würde.

Deine verwirrte aber wild entschlossene

Henni

Platsch! Direkt vor mir fiel ein Stein ins Wasser! Ich habe mich so erschrocken, das ich beinahe reinfiel.

»Henni! Henni! Henni!« Es war Kippe, der auf der anderen Seite des Flusses wie wild mit den Armen fuchtelte, sich mit

der Faust ans Bein haute und zappelte, als würde ihn etwas furchtbar jucken und er könnte nicht stillhalten. Ich hatte ihn noch nie so in Bewegung gesehen. *»Auf dem Weg oberhalb der Schlucht ist ein Bulldozer!«*

Mattock wollte den Wimmerwuchsbaum holen. Mein Magen stülpte sich um. Meine Beine fühlten sich an wie Gummi. Dann sagte eine Stimme in meinem Kopf: »Du wolltest etwas tun, Henni Octon. Dann *tu* es!«

Ich flog zum Zelt und schnappte meine Schuhe. *»Oberhalb der Schlucht ist ein* ***Bulldozer!«***

Zev wühlte nach seinen Sachen.

»Ich gehe *sofort* hin!«, rief ich. Ich wusste, dass die anderen ewig brauchen würden, um ihre Schuhe zu finden, weil es im Zelt so eng war.

Als ich durch die Büsche zur Schlucht rannte, peitschten mir Zweige ins Gesicht. Ich spürte das Blut in meinem Kopf pochen. Dann tauchte hinter mir ein schwarzer Schatten auf.

»Brikett!«

Der Forstweg war auf der anderen Bachseite, also zog ich rasch meine Schuhe aus und watete durch.

»Das ist *eiskalt*, Brikett!«, sagte ich und schnappte nach Luft. Sie steckte zwei Pfoten ins Wasser, dann fuhr sie zurück.

Ich band mir gerade die Schnürbänder zu, als Zev mich einholte. Junge, war ich froh, ihn zu sehen!

»Psst! Kann sein, sie sind in der Schlucht!«

Wir stiegen, so leise wir konnten, aufwärts durch den tropfenden Wald und wurden ganz nass von den Farnen, an denen wir entlangstreiften. Wir blieben stehen und lauschten – nur die Geräusche des Waldes waren zu hören. Die großen Schwarzholzakazien standen, wie sie seit Jahrhunderten gestanden hatten.

»Ich glaube, ich habe auf einer der Karten gesehen, dass auf dieser Seite ein Pfad hinaufführt.«

»Es ist ganz schön steil«, sagte Zev. »Und glatt.«

»Die anderen werden ewig brauchen.«

Dann hörten wir: »Wartet! Wartet auf uns! *WARTET*!«

»Wie sollen wir denn *irgendwas* machen, wenn die dabei sind?«, stöhnte ich.

Die drei kamen durch den Farn gewalzt.

»Pssst!«

»Tut uns Leid, aber Frank hat seinen Schuh im Schlamm verloren und wir mussten ihn erst suchen«, sagte Cass.

»Ich habe ihn huckepack über den Bach getragen«, sagte Danielle, die immer noch im Schlafanzug steckte und klatschnass war.

»Kommen die Eltern auch?«, fragte ich.

»Habt *ihr* ihnen denn nicht Bescheid gesagt? Wir haben gedacht, ihr habt das getan.«

»Na, PRIMA!«

Niemand wollte zurücklaufen.

Der Aufstieg aus der Schlucht war eine einzige Horrorgeschichte, hauptsächlich für Frank. Ich sage nur, wir haben es alle bis zum Forstweg geschafft, aber Frank hatte mehr Kratzer als ein alter Schultisch. Wir krochen aus dem Wald und blickten vorsichtig den Weg entlang. Hundert Meter zu unserer Linken stand der Bulldozer auf der Ladefläche eines Lasters.

»Ein Tieflader«, flüsterte Zev.

»Ich höre Musik!«, sagte Danielle.

»Ich kann niemanden sehen!«, sagte Cass.

Wir wollten kriechen, aber das hielten unsere Knie nicht aus, also nahmen wir das Risiko auf uns und flitzten über den Weg. Schnell tapsten wir zum Bulldozer. Es war kein Mensch dort. Die Musik kam von weiter weg.

»Barry Manilow«, flüsterte Danielle. »Baahh!«

Wir trabten um den Laster herum. Zev kletterte hinauf in die Fahrerkabine des Bulldozers und spielte an irgendwas rum. Dann hörten wir jemand laut lachen. Mattock! Wir erstarrten.

»Versteckt euch hinter den Büschen dort und behaltet den Laster im Auge«, flüsterte ich den anderen zu.

Danielle wollte protestieren, aber ich warf ihr meinen Laserblick zu. Zev und ich krochen durch den Wald, um herauszufinden, wo das Lachen herkam.

Gott,
Vielen Dank
für Barry Manilow!

An einer sonnigen, windgeschützten Stelle hatte es sich der brutale Mattock bei offener Tür auf der Fahrerseite eines

Lieferwagens gemütlich gemacht und rauchte. Copy, Mattocks Sohn, und ein anderer großer, dürrer Kerl, dessen Nase nicht ganz in der Mitte saß, hockten am Ende des Wegs lässig auf irgendwelchen Säcken. Die dröhnende Stimme vom brutalen Mattock war gut zu hören. Der andere Typ lachte ab und zu. Copy sagte so gut wie gar nichts. Ich war bloß froh, dass sie keinen Hund hatten.

Wir schoben uns so dicht ran wie möglich und versteckten uns hinter zwei Bäumen. Einige Bruchstücke des Gesprächs konnten wir verstehen.

»Sie warten darauf, dass wir abfahren!«, flüsterte Zev.

»... und die Kameraden, wenn wir schon mal dabei sind ... der Große reißt alles raus ... Wimmerwuchs ... ein neuer Allradwagen ... da lassen wir einen Esstisch und Stühle draus machen ... den Rest verkaufen wir nach Melbourne ... der hatte Schaum vorm Mund, so verdammt gierig war der ... Dummköpfe ... lieben ihre verdammten feinen Möbel, wollen aber ihren kostbaren Wald retten ...«

Mattock sah so selbstzufrieden aus, wie er sich da zurücklehnte und seine Zigarette rauchte. Copy nickte die ganze Zeit und plapperte dämlich nach, was sein Vater sagte.

»Wenn die Bäume weg sind, sind sie *weg*. Für immer«, dachte ich. »Die Schlucht könnte dir Arbeit geben, du Trottel. Viele Leute würden unheimlich gerne hier wandern und still verweilen, um sich die Geister vorzustellen und Geschichten über sie zu hören. Und diese Leute würden sich dann auch für den Erhalt anderer Flecken ursprünglicher Natur interessieren.« Hatten diese Kerle denn gar kein

Gespür für diesen Ort? Gab es denn wirklich so viele solcher Schluchten, dass man diese einfach zerstören konnte?

Barry Manilows Song war zu Ende. Mattock nahm den Lederschutz von seiner Uhr und guckte nach der Zeit, dann nahm er ein Fernglas in die Hand und spähte durch eine Waldlücke.

»... die brauchen Stunden ... bis die den ganzen Krempel eingepackt haben ...«

Mattock stieg langsam aus dem Wagen und streckte sich gewaltig. Er guckte direkt in unsere Richtung. Ich wagte nicht aufzuschauen, aber wir konnten jedes Wort hören, das er sagte.

»Jesus, was für ein Glück, dass ich Thommos Bulldozer gekriegt habe. Nächste Woche braucht er ihn in der Gegend von Albury. Wir wären längst fertig, wenn nicht diese verdammten Stadtpflanzen da wären. Ich hätte nicht übel Lust, die ganze Bagage mit dem Bulldozer platt zu machen ... diese oberschlaue schwangere Stadtkuh ... diese Göre, Jesus, wenn die meine wäre, der würde ich aber den Marsch blasen. Habt ihr das mit den Schlangen mitgekriegt?« Er lachte laut. »Da haben sie hübsch was zu knabbern gehabt.«

Zev machte mir wild Zeichen und sagte lautlos: »Komm! KOMM SCHON!«

Im Schutz der Musik von Dolly Parton krochen, robbten und rutschten wir zurück zu den anderen, die sich hinter dem Lastwagen versteckt hatten.

»Die Reifen!«, sagte ich.

Zev nickte.

Die anderen waren wütend und schimpften flüsternd: »Habt ihr *lange* gebraucht! Wer ist dort? Was machen die?«

Um sie zu beruhigen, mussten wir ihnen alles erzählen. »Haltet die Klappe!« (Es ist schwer zu brüllen, wenn man flüstern muss.) Ich weiß jetzt, warum in Fernsehkrimis nie fünf Detektive auf einmal auftreten.

»Wir lassen die Luft aus den Reifen vom Laster.«

»Cass! Halt die Böschung im Auge! Winke, wenn jemand kommt.«

»Schnell! Nehmt einen kräftigen, dünnen Stock und drückt auf die Mitte vom Ventil, so …«, sagte Zev.

Zssscchhhhhhhhhhhhhhhh!

»Merkt ihr, wie die Luft rauskommt? Nur die Reifen auf dieser Seite, an der Böschung. *Macht schnell!*«

Aus meinem Reifen strömte die Luft. Es schien ewig zu dauern.

Zssscchhhhhhhhhh!

Der Laster hatte Doppelreifen. Frank übernahm den auf der Innenseite, wo das Ventil näher am Boden war. Er kroch hinunter, der riesige Bulldozer über ihm. Danielle lag auch halb unter dem Laster. Es war unglaublich gefährlich.

Zssscchhhhhhhhhhhhhhhhhhhhh!

Langsam sackte der Tieflader auf der einen Seite ab. Ich hatte schrecklich Angst. Wo blieben die Eltern? Ich wünschte, dass jemand, irgendjemand – nur einer der Eltern – auftauchen würde … bitte!

Zssscchhhhhhhhhhhhhhhh!

In dem Moment gab der Boden am Rand der Straße nach,

die Ladefläche des Lasters kippte und der Bulldozer kam ins Rutschen. Knirschend streckten sich die Ketten, dic dcn Bulldozer hielten.

Danielle rollte hervor und rannte weg.

»Frank, LAUF WEG!«, schrie Zev.

Einen winzigen Augenblick bevor die überspannte Metallkette wie ein Gummiband zerriss, krabbelte Frank vom Laster weg.

Mattock und die anderen beiden kamen um die Ecke gerannt und konnten gerade noch sehen, wie der schwere Bulldozer langsam von der Ladefläche rutschte und schließlich halb auf der Böschung lag.

Mattock blieb wie angewurzelt stehen. »IHR ***^%$#%#© ©%$Đ*^#*$© *KLEINEN* Đ^%#Đ*Đ%Đ$Đ#Đ#$X, *ICH ZIEH EUCH* ^Đ**Đ^%##©%#Đ*x/#$% *BEI LEBENDIGEM LEIB DIE* %#©#*Đ%#© *HAUT AB*!«

Mit klopfenden Herzen rasten wir den Forstweg entlang.

»*Lauft in den Wald, verteilt euch!*«, schrie Zev.

Ich lief etwas langsamer, um bei Frank zu bleiben, und blickte mich um.

»Sie sind gar nicht hinter uns her! Er kommt uns nicht nach!«

»Was ist los?«, fragte Cass.

»Holen sie den Lieferwagen?«

Zev blieb stehen, dann drehte er sich um und ging wieder in Richtung Laster.

»*Geh nicht zurück, Zev*!«

»Ich glaube, ich habe gesehen, dass er was geholt hat …«

»Nicht, Zev, vielleicht hat er ein *Gewehr*!«
Zev rannte zum Laster zurück.
»Nicht, Zev!«
»*Weg!*«, brüllte er.
»Was?«
»Sie sind weg!«
»Ich dachte, der bringt uns um vor Wut!«
»Den Bulldozer können sie jedenfalls nicht nehmen!« Cass lachte.
»Sie sind weg«, sagte Frank.
»Gut!«
»Nein, das ist *nicht* gut«, sagte Zev und sprang von der Fahrerkabine des Lasters herunter. »Mattock hat seine Motorsäge mitgenommen!«
»O NEIN!«
Ich hatte das Gefühl, mein Herz würde mir aus der Brust springen. Wie lange sollte das noch gehen?
»Wo sind sie lang?«
»Keine Ahnung, aber jede Wette, ich weiß, wo sie hinwollen!« Zev war schon losgerannt.
Wir purzelten und schossen wie menschliche Flipperkugeln die Schlucht hinunter. Ich sah, wie Cass auf einem vier Meter hohen Felsen gerade noch rechtzeitig nach einem Ast griff. Ein Glück, dass wir die ganzen Tage wie die Bergziegen am Fluss rumgeturnt waren.
Mattock war uns voraus, aber er trug die Motorsäge, also konnte er nicht so schnell sein. Ich hatte keine Vorstellung, was wir tun sollten, wenn wir ihm gegenüberstanden. Das

Einzige, woran ich denken konnte, war die Motorsäge. Unten in der Senke stießen wir auf die morastige Stelle. Es war wie in einem Alptraum, wenn man wegrennen will, aber die Füße nicht heben kann.
Als wir am Wimmerwuchsbaum ankamen, waren die Männer bereits da.
»Bitte, das dürfen Sie nicht tun!«, schnaufte Cass.
»Was darf ich nicht tun?«, knurrte Mattock, während er mit der Motorsäge hantierte. Sein linker Arm machte eine heftige Bewegung – der Motor stotterte und ging aus. Mattock zog noch einmal an der Leine – die Motorsäge brüllte auf.
»Ich werd euch die Flausen austreiben, ihr kleinen Stadttrottel!«, schrie er über den Lärm der Motorsäge hinweg. »Vor euren Augen werde ich dem verdammten Baum die Rinde abschälen!«
»Er ist so *alt*!«, brüllte ich. Mir war heiß und schlecht. Ich hatte das Gefühl, meine Beine würden nicht mehr funktionieren.
»*NEIN!* Sägen Sie ihn nicht ab!«, brüllte Danielle.
Blitzschnell drehte sich Mattock um und zeigte mit der Säge auf Danielle.
»*Dich* werde ich absägen, du kleine Hexe!«
Zev schleuderte einen Ast gegen ihn und plötzlich war ein Kampf im Gange. Frank warf Erdklumpen, Brocken, Stöcke, alles, was er in die Finger kriegte. Dann schoss er wie eine Mücke auf Copy zu und trat ihn gegen den Knöchel. Meine Beine funktionierten *doch*. Ich packte einen abgestorbenen Farnwedel und schlug damit auf Copy ein, der seinen

Vater verteidigte, als wir den von hinten angriffen. Schiefe Nase ging auf Zev los und beide jagten hintereinander her. Cass traf Schiefe Nase mit einem Farnwedel voll ins Gesicht. Es war irre. Fünf Kinder gegen drei erwachsene Männer. Ich hatte entsetzliche Angst. Wie sollte das ausgehen?
Aber Mattock kümmerte sich überhaupt nicht um uns. Er stellte sich breitbeinig hin und reckte seine breiten Schultern. Die Säge biss in die Schwarzholzakazie, wobei sie gespenstisch aufheulte, der Ton schraubte sich höher und immer höher. Sägespäne spritzten.
Cass kreischte: »Neeeeiiiiiiiin!«, während ihr Tränen in die Augen stiegen. Sie stolperte, als Schiefe Nase ihr einen Schlag auf die Hüfte versetzte. Voller Entsetzen schrien wir alle: *»Nein! Nicht!«* Danielle sprang um Mattock herum, immer näher heran, wobei sie Copy geschickt auswich.
»Geh weg von ihm, Danielle! Geh *weg*!«
Plötzlich tauchte hinter einem gewaltigen Stamm eine seltsame Figur auf.
»Dulugar!«, kreischte Frank.
Kippe!
In dem Augenblick sprang Danielle wie ein Affe auf Mattocks Rücken.
»Du kleine Ratte!«, brüllte Mattock.
Er versuchte sie abzuschütteln, immer noch mit der Säge in der Hand. Aber wie sehr er sich auch mühte, wie sehr er die Last auch vom Rücken zu schleudern suchte – Danielle klammerte sich fest. Sie schlug sogar zweimal auf ihn ein!
»Nehmt mir das Biest vom Rücken!«

Copy packte Danielle am Arm, um sie wegzuzerren. Die Spitze der Säge traf den Baum und federte zurück. Als Danielle Mattock losließ, verlor er das Gleichgewicht und taumelte auf Copy zu. In dem Gerangel schlug die Säge gegen Copys Schuh und kreischte auf.
Copy fiel hin und wälzte sich vor Schmerzen auf dem Boden. Mattock ließ die Säge fallen. Der Lärm hörte auf.
Einen Moment lang war es ganz still, dann packte Mattock Danielle an den Oberarmen und warf sie von sich, als wäre sie eine Puppe. Ich sah sie durch die Luft fliegen. Wie eine Puppe bei einem Crash-Test.
Und jetzt kommt die Stelle, an der ich immer weinen muss, wenn ich daran denke.
Kippe, der um die Männer herumgelaufen war, warf sich wie ein Fußballtorwart Danielle entgegen, um sie aufzufangen. Und Danielle knallte dem Jungen, über den sie immer hergezogen war, den sie immer schlecht gemacht hatte, voll auf die Brust. Er fiel um und krachte dabei mit dem Kopf an einen Baumstamm. Kippe hatte Danielles Landung abgefedert.
Alle erstarrten, als hätte uns etwas gestochen. Kippe lag reglos da. Ich meine natürlich Clay. Der arme Clay.
In der plötzlichen Stille hörten wir Rufe – die Eltern kamen die Schlucht herauf.
»He, was ist denn hier los?« Das war Papa.
»Steh auf!«, sagte Mattock zu seinem Sohn, dann legte er ganz kurz die Hände auf die Hüften, als wollte er es jetzt mit allen aufnehmen. Copy stöhnte vor Schmerz. Blut

tropfte aus seinem Schuh, während Schiefe Nase ihm auf die Beine half.
»Los, weg hier!«, fauchte Mattock.
»Was ist los?«, rief Rob. Sie waren ganz nahe.
Mattock hob die Säge auf, um den anderen beiden zu folgen. Uns warf er noch einen grimmigen Blick zu, dann walzte er durchs Farnkraut und verschwand.

Sue schob Kippe das Haar aus dem Gesicht. »Er atmet! Helft mir, ihn auf die Seite zu legen.«
Clays Lider flackerten.
»Lasst mich in Ruhe! Lasst mich in Ruhe! Der Zug …«
»Er denkt, er ist in der Stadt«, sagte Sue.
Während Kippe langsam zu sich kam, veränderte sich sein Gesichtsausdruck mehrfach.
»Es ist alles in Ordnung. Bleib ganz ruhig«, beruhigte ihn Mama.
Er schlug die Augen auf und schaute in ganz viele Gesichter. Nur das eine, weswegen er gekommen war, fehlte. Er schloss die Augen, als hätte er aufgegeben. Dann öffnete er sie wieder und richtete sich heftig atmend auf.
»Komm mit zu uns auf den Zeltplatz und ruh dich aus«, sagte Sue leise. »Dann bringen wir dich in die Stadt zu einem Arzt.«
Clay kam schwankend auf die Beine, ging mit Tibors Hilfe die paar Schritte zu dem umgefallenen Baumstamm, ließ sich dort nieder und rieb sich den Kopf.
»Du kannst noch nicht …«

Clay winkte ab. »Ich bin kein Tier im Zoo. Sie brauchen mich nicht zu füttern oder zum Tierarzt zu bringen.« Er guckte uns alle fest in die Augen. Trotz seiner Verletzung war er stark.

Danielle stand still und leise ein wenig abseits, neben Mr. Nic.

Dann stand Kippe auf und machte sich wankend wie ein Betrunkener daran, die Schlucht zu verlassen.

»Danke, Kippe ... ich meine, Clay!«, rief ihm Danielle hinterher.

Er blieb stehen. Mühevoll drehte er sich um. »Schon gut.«

»Geh mit ihm, Rob«, sagte Sue.

Kippe winkte ab. »Ich weiß, wo's lang geht.«

»Ich bin mit ihm bis zu einem Forstweg gegangen«, sagte Rob. »Dann hat er sich hingesetzt und gesagt, er rührt sich nicht von der Stelle, bis ich verschwunden bin. Ich bin eine Stunde lang bei ihm geblieben. Was sollte ich machen? Tragen konnte ich ihn nicht. Und reden ließ er auch nicht mit sich.« Rob sah unglücklich aus. »Ich habe ihn dort gelassen.«

30 Habt ihr fünf Minuten Zeit?

Wir packten. Alle hatten schlechte Laune. Es war überhaupt nicht so, wie es sein sollte.

Die Eltern waren wütend auf uns, weil wir weggegangen waren, ohne ihnen Bescheid zu sagen, und weil wir den gefährlichen Kampf in der Schlucht angezettelt hatten. Cass hatte auf der Hüfte einen blauen Fleck, der so groß war wie eine Untertasse. Es musste noch eine Menge Zeug eingepackt werden. Donna war müde, das Baby hatte geweint, wir waren spät dran und würden wahrscheinlich erst weit nach Einbruch der Dunkelheit nach Hause kommen, der Baum war immer noch gefährdet und alle machten sich Sorgen um Clay.

Und da kam plötzlich der alte Jim, mit einem Sack auf der Schulter, in die Speck-Senke spaziert!

Holzer sprang auf uns zu, als wären wir uralte Freunde, und begrüßte Brikett schnüffelnd.

»Habt ihr fünf Minuten Zeit?« Der alte Jim klopfte seine Taschen nach seiner Pfeife ab. Sein Blick fiel auf Zev und er zwinkerte ihm zu.

»Sicher«, sagte Papa. (Eben erst hatte er noch gerufen: »Macht jetzt, wir hätten schon vor zwei Stunden abfahren müssen!«) »Wie wär's mit einer Tasse Tee?«

Der alte Jim setzte sich auf den Stuhl, den Rob ihm anbot. »Das wär sehr hübsch.«

Donna kam mit dem Baby auf dem Arm hinter dem Auto hervor.

»Nu, wer is denn dieses Menschlein?«, fragte der alte Jim.

»Er wurde vor zwei Tagen geboren«, sagte Donna stolz.

Old Jim betrachtete das pummelige Gesicht des Babys. »Sieht doch prima aus, was?« Und er schenkte Donna sein walnussigstes Lächeln.

»Ehrlicherweise muss ich zugeben, dass ich schon von der Ankunft dieses jungen Manns erfahren hab. Ein Freund von euch is mir in diesen Tagen ein wenig zur Hand gegang'n.«

Der alte Jim fand seine Pfeife und steckte sie in den Mund. »So, jetzt aber zur Sache. Muss euch 'n paar Sachen sagen, bevor ihr abfahrt.«

Er klopfte die Pfeife am Stuhlbein aus. »Ich wusste immer von der Schlucht. Und wollt immer, dass sie mir gehört und die Speck-Senke auch, aber der alte Rushton wollt nicht verkaufen. Aber ich hatt's ja nich eilig. Hab lang gewartet. Is doch egal, wenn's ein bissel länger dauert, hab ich gedacht.«

Er fischte den Tabak aus seiner Opossumweste.

»Hatt 'n bissel Geld auf der Bank. Und ab und zu hab ich mal 'n bissel Gold gefunden.« Er lachte und kratzte sich am Kopf. »Und neulich musste ich's noch mal finden! Hatt es überall in meiner Hütte versteckt.«

Er stopfte Tabak in seine Pfeife. »Jedenfalls ging der alte Rushton ins Bairnsdale-Krankenhaus und is dort gestorben.

Nu wollt mir seine Tochter in Queensland das Gelände verkaufen, aber ich hab's immer rausgeschoben und rausgeschoben. Hatt keine Lust, in die Stadt zu gehn, um den ganzen Papierkram zu erledigen. Bin einfach nich dazu gekommen.«

Er klopfte seine Taschen nach Streichhölzern ab. »Aber jetzt is es erledigt. Das Gelände hier gehört mir. Übrigens werdet ihr 'n paar Gespräche nach Queensland auf eurer Telefonrechnung ham. Sehr praktisch, diese klein' Telefondinger.«

Er riss ein Streichholz an und setzte die Pfeife in Brand. »Nehm mal an, ihr wisst besser als ich, was in der Schlucht so alles wächst, aber ich denk mal, dass einiges dabei is, was ganz und gar verschwinden würd, wenn die Schlucht übern Jordan geht.«

Er nahm einen langen Zug von seiner Pfeife. »Sie gehört jetzt mir, und solang es mich gibt, kann ihr nichts passieren. Und wenn ich mit allem fertig bin und wenn diese Hügel mit mir fertig sind«, er schaute Donna an, »dann gehört sie euch. Ihr könnt damit tun und lassen, was ihr wollt. Aber Touristen sollen erst dann hier rumkrauchen, wenn ich nich mehr bin. Und ihr könnt mich neben dem Felsen begrab'n, da, wo die beiden Bäume dicht zusammenstehen, aber stellt bloß kein' Grabstein auf oder so was.«

»Danke«, sagte Donna einfach.

»Heißt das, die Schlucht ist *gerettet*?«, fragte ich voller Erstaunen.

»Was ist mit Stan Mattock?«, fragte Rob.

Wir warteten, bis Jim ein weiteres Mal an der Pfeife gezogen hatte. »Nu, einer der Anrufe, die ich mit eurem hübschen klein' Apparat gemacht hab, ging an die Dame, der das Sägewerk gehört. Hab ihr 'n paar Takte erzählt.« Paff, paff. »So dass ich annehm, mit dem Mattock wer'n wir künftig keine Probleme mehr ham.«

Noch ein nachdenklicher Zug an der Pfeife. »Nu, jetzt sind wir zu zweit, um ein Auge drauf zu halten. Im Moment tut dem Bengel der Kopf 'n bissel weh, aber er möcht bei mir bleiben. Werd langsam 'n bissel alt und der Junge mag den Wald. Und 's macht ihm genau so wenig aus wie mir, wenn's mal 'n bissel rauer zugeht. Wir wer'n den Hühnerstall für ihn ausbauen. Vielleicht legen wir uns noch 'ne Jerseykuh zu.«

Er war ein alter Mann, und er hatte sich alles genau überlegt und sich für das entschieden, was er wollte. Der alte Jim war sehr zufrieden mit sich selbst. Er saß da wie ein Farmer, der sein Heu trocken in der Scheune hat.

Ich fand es erstaunlich, dass Donna, nachdem alle ihre Pläne schief gegangen waren, auf eine verquere Art doch noch einen Platz gefunden hatte, wo Kippe – Clay – hinpasste.

Die Neuigkeiten, die der alte Jim gebracht hatte, verblüfften uns so, dass wir eine Weile ungewöhnlich still waren. Sogar Danielle. Es war eine Art Schock. Wie ein Gewinn im Lotto. Aber dann fielen natürlich noch die üblichen Sätze, die gesagt werden mussten: Was für schöne Ferien wir gehabt hatten und wie dann am Ende doch noch alles gut ausgegangen war und was für ein schönes Fleckchen Erde dies und wie verrückt es war, dass Mr. Nic den Ort durch seine

Buchpakete kannte, und was für ein entzückendes Baby und danke für den Tee und hier sind die Zeitungen und achten Sie auf sich und gute Besserung für Clay und danke für alles …

»Nu, jetzt solltet ihr aber langsam mal losmach'n«, sagte der alte Jim. »Ihr habt 'ne lange Reise vor euch. Weiter als ich. Freut mich, dass wir uns kennen gelernt ham.«

Alle schüttelten ihm die Hände und tätschelten Holzer noch einmal. Brikett und Holzer tauschten ein letztes Schnüffeln aus.

Dann griff sich der alte Jim seinen Sack, nickte, winkte und stapfte davon.

Wir wirbelten herum wie die Wilden, packten das letzte Zeug zusammen, versuchten, die verlorene Zeit hereinzuholen, aber jetzt redeten wir dabei und lachten uns kaputt.

Dann hustete jemand, um auf sich aufmerksam zu machen. Der alte Jim war noch einmal zurückgekommen.

»Jetzt hätt ich's beinahe vergessen – so is das, wenn man alt wird, man weiß nich mehr, was man tut. Ich hab was für dich, Miss«, sagte er zu mir. »Da, wo ich hingeh, werd ich's nicht brauchen. Hab das Gefühl, dir liegt 'ne Menge an so was.«

Und er holte aus seinem Sack den Wimmerwuchskasten und gab ihn mir.

»Bis dann mal!«

31 Auf dem Heimweg

Dort, wo die Zelte gestanden hatten, sah das vergilbte Gras wie gebügelt aus. Unsere Trampelpfade liefen um die ganze Speck-Senke herum. Das Seil, das über dem Fluss hing, mussten wir kappen, weil der Knoten nicht aufging. Wir hoben jedes Atom Müll auf. Wir gingen ein letztes Mal schwimmen und sammelten die Plastiktüte mit unseren Sachen von Clays Sprechendem Felsen.

In dem ganzen Durcheinander sahen wir, wie Brikett zum Fluss trottete, zu der tiefen Stelle, wo ihr Huf lag. Wäre ja möglich gewesen, dass er durch magische Kräfte wieder auftauchte.

»Seht ihr, sie *hat* ein Gedächtnis«, sagte Frank.

Es war merkwürdig, in die Autos zu steigen. Die Stellastraßen-Sippe wurde sich nun bald wieder in Familien aufteilen.

»Hopp! Na, komm schon!« Brikett weigerte sich, ins Auto zu springen, und musste hineingehoben werden.

Donna lag, in Kissen gepolstert und mit dem Baby im Arm, quer auf dem Rücksitz. Danielle, Cass und Frank fuhren mit Sue und Tibor. Zev kam mit uns. Die Furt hatte sich während der Flut verändert, aber Sue und Tibor liefen, mit Stöcken stakend, voraus und fanden einen Übergang.

In der Stadt hielten wir an, um für Papa eine zwei Tage alte

Zeitung zu kaufen, damit er lesen konnte, während Mama fuhr. Ich wollte ein Päckchen Chupa Chups, die mir helfen sollten, in die wirkliche Welt zurückzukehren. Die Frau im Laden grüßte uns augenzwinkernd. Sie wusste alles über das Baby und den Jungen mit den wilden Haaren.

»Ron!«, rief sie nach hinten. »Ron! Komm nach vorne, *schnell*!«

Ihr untersetzter Mann tauchte auf. »Das sind die Leute von der Speck-Senke!«, sagte sie, als würde sie berühmte Leute vorstellen.

»Na, jedenfalls ein paar davon«, sagte Papa.

Die Frau weigerte sich, Papa bezahlen zu lassen.*

Dann stellte sie sich gerade hin, als wollte sie etwas loswerden, was auf ordentliche Art gesagt werden muss.

»Es gibt in dieser Stadt einige gute Leute, und auch im Sägewerk gibt es einige gute Leute, aber, bei Gott, wir haben es in den letzten Jahren schwer gehabt. Im Moment ermittelt die Polizei im Sägewerk«, sagte sie. »Das ist für uns mehr wert als Gold.«

* Als Danielle das erfuhr, sagte sie: »Ihr hättet mehr kaufen sollen!«

32 Wie waren eure Ferien?

James O'Sullivan (der kleine Jim) ist jetzt drei Monate alt und Donnas Garten verwandelt sich immer mehr in einen Urwald. Die Stellastraßen-Sippe trifft sich, wenn möglich, jeden Sonntagvormittag zu einem langen Frühstück und zum Austausch von Neuigkeiten.

May and Maggs waren reichlich sauer, als sie hörten, was sie verpasst hatten. Sie sagten, wir dürften nie wieder ohne sie verreisen.

Donna hat einen Anruf vom alten Jim bekommen. (Er hat jetzt ein Handy, das er aber erst dreimal benutzt hat.) Er hat angerufen, um zu erzählen, dass Clay gut melken kann und dass die Leute von der Universität, die in der Speck-Senke zelten und die Schlucht erforschen, eine neue Eidechsenart entdeckt haben.

Cass hat ihre Strickarbeit beendet. Sue hat ihr gezeigt, wie das mit dem Abketteln geht, und damit hatte es sich. Dann hat Cass irgendwas reingestopft und das Ganze zu einem Ball zusammengenäht. Also ist es jetzt wieder ein Wollknäuel! Es sieht sehr gut aus – sehr bunt – und der kleine Jim haut gerne darauf.

Wisst ihr noch, wie ich mich am Anfang über meinen neuen Blazer gefreut habe? Das ist vorbei. Er ist schwer, warm

Lieber Gott,

ich habe lange darüber nachgedacht, wie wir uns dran gewöhnt haben, Clay was zu essen zu bringen. Es wurde ganz normal, aber eigentlich war es nicht normal.

Wir haben so gut Klauen gelernt, da hätten wir auch eine richtige Bande von Ladendieben werden können.

Und wir haben gedacht, Clay ist ein hoffnungsloser Fall und er könnte sich nie ändern, aber er hat uns überrascht. Man muss aufpassen, was einem alles zur Gewohnheit wird.

Und noch eine Sache – nein, eigentlich zwei: Ich besitze einen wunderschönen Kasten aus Wimmerwuchs, was ein seltenes Holz ist, und ich will Bücher schreiben, wozu man Papier braucht, und trotzdem sage ich: „Keine Bäume fällen." Na ja... der kleine Kasten, den gab's schon, und meine Bücher werden hoffentlich so, dass sie das Papier wert sind, auf das sie gedruckt werden.

Findest du das in Ordnung?

Henni

und obendrein lästig, weil er teuer war und ich dauernd auf ihn Acht geben muss. In der Oberschule gefällt es mir aber.

In der kleinen Kommode, die Tibor gemacht hat, bewahrt Donna Samenkapseln von Gummibäumen auf. Auf jede Schublade hat sie den Namen des Baums geschrieben, von dem die Kapseln stammen.

Die Schätze: Zev hat noch einen letzten Schatz hinzugefügt, der mir aber nicht so recht gefällt – eine Bulldozer-Sicherung.

Es war schwer zu entscheiden, was mit den Schätzen werden sollte, denn sie waren ja von verschiedenen Leuten gefunden worden und der Beutelmauskopf gehörte uns allen. Daher meinten wir, die Schätze sollten als unsere Feriensouvenirs vom Fluss zusammenbleiben.

Also haben wir Folgendes beschlossen: Die Schätze sollten in dem Wimmerwuchskasten aufgehoben werden und ich (die immer verantwortungsbewusste Henni) sollte die Bewahrerin der Schätze sein. Wer seinen Schatz haben wollte, konnte sich ihn jederzeit holen. Frank, Danielle und Cass nahmen ihre Sachen mit in die Schule, um sie zu zeigen und von den Ferien zu erzählen.

Donna gab uns das Herz des Flusses in die Sammlung, um es für den kleinen Jim aufzubewahren. »Schließlich«, sagte sie, »gehört er ja auch dazu.«

Papa liest wieder jeden Morgen die Zeitung, in der auch die kleinste Meldung aus der ganzen Welt gesammelt und mit gruseligen Überschriften versehen wird.

»Warum hört man nie Gutes in den Nachrichten?«, fragte ich.
»Fünf glückliche Kinder baden nackt im Fluss.«
»Schwangere Frau entdeckt den Himmel auf Erden.«
»Wimmerwuchs-Schlucht gerettet.«
»Warum lächelst du?«, fragte Papa, der nicht zugehört hatte.
»Mutter und Baby sind wohlauf.«
Wenn mich Leute fragen: »War's schön beim Zelten?«, sage ich nur: »Wunderschön, danke«, denn wenn ich erzähle, was wirklich geschehen ist, dann denken die, ich hätte mir das alles nur ausgedacht. Aber was wir alles erlebt haben!
Ich hatte mir vorgestellt, dass es ein interessanter Schluss sein würde, wenn ich Danielles Versteck verraten könnte (ich wette, ihr seid auch neugierig), also wartete ich, bis sie richtig gute Laune hatte, und dann fragte ich sie.
»Immer schlimmer Wimmerwuchs, mich täuschst du nicht.«
Sie grinste und machte einen Handstand.
»Auf die Art kriegst du's nicht aus mir raus. Außerdem ist es gar nicht mehr da.«
Donna sagt es mir auch nicht, denn es ist Danielles Geheimnis.

Da werden wir eben weiter raten müssen!

Mit Dank an Ian Edwards, Ulrich Graf, Tim Carrigan,
Paul Connor und Rare Woods, Melbourne. *E.H.*

Elisabeth Honey, geboren 1947, studierte Kunst an der Swinburne Art School und arbeitete unter anderem als Art Director, bis sie anfing, Kinderbücher zu schreiben, die in Australien mehrfach ausgezeichnet wurden. Sie hat zwei, mittlerweile erwachsene Kinder und lebt in Melbourne, Australien.
Im Verlag Beltz & Gelberg erschienen bisher die Romane *Stellastraße 45 + 47 und alles, was passiert ist*, *Die Wombats bitte nicht streicheln!* und zuletzt der Roman *Salamander im Netz* (nominiert für den Deutschen Jugendliteraturpreis).

www.beltz.de

Die australische Originalausgabe erschien 1998 unter dem Titel
Fiddle-back bei Allen & Unwin, St. Leonards

Aus dem Englischen von Heike Brandt
Neue Rechtschreibung
Lektorat Susanne Härtel
Einband und Lettering: Jörg Mühle
Gesamtherstellung:
Druckhaus Beltz, Hemsbach
Printed in Germany
ISBN 3 407 79869 5
1 2 3 4 5 08 07 06 05 04

Elisabeth Honey
Salamander im Netz
Roman. Mit Bildern von Jörg Mühle
Gebunden, 304 Seiten (79849) *ab 11*
Nominiert für den Deutschen Jugendliteraturpreis

Der 13-jährige Ned aus Australien ist ein absoluter Fachmann, was Computer und Reptilien angeht. Auf die Ferien in einer amerikanischen Kleinstadt hat er natürlich keine Lust, doch zum Glück trifft er dort Rocky, der seine Leidenschaft für Tiere teilt. Als sie Zeugen werden, wie ein Tierschmuggler einen Bären tötet, steht für beide fest: Dieser Mann muss gefasst werden! Dank internationaler Chat-Room-Kontakte kommen sie dem Verbrecher auf die Spur.

»Dieses Buch ist ein Beispiel dafür, dass ein Krimi ein Schmöker im positiven Sinn des Wortes sein kann und gleichzeitig unaufdringlich sozial- und umweltkritische Themen aufgreift.« *Baseler Zeitung*
»Ein rasant erzählter, frecher Roman voller origineller Szenen und überraschender Ereignisse.« *Ostthüringer Zeitung*
Es sind Honeys originelle Ideen, frisch-frechen Dialoge und liebenswerten jungen Helden, die die halsbrecherische Verfolgungsjagd zum spannenden Lesevergnügen machen.« *Münchner Merkur*

HÜTTE VOM ALTEN JIM
TOR
WARRANGHALLA
FORSTWEG
FURT
WILDNIS